品嘗好書　冠群可期

# 鐵人Q

江戸川亂步

品冠文化出版社

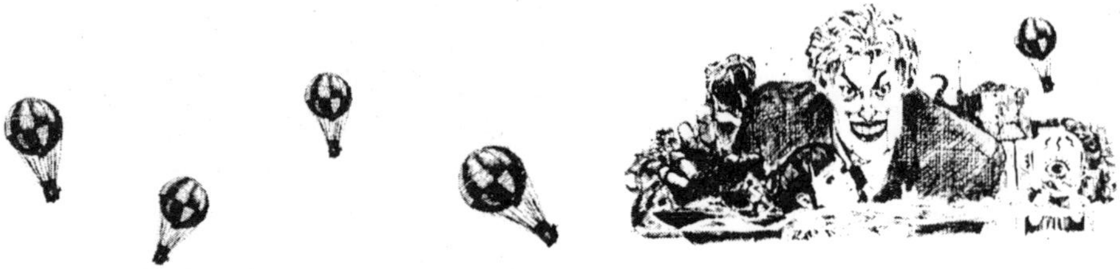

# 目錄

# 鐵人Q

少年偵探㉑

# 鐵人Q

江戶川亂步

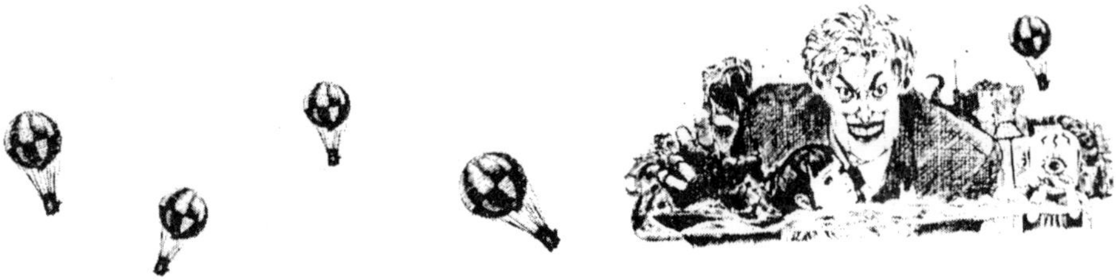

# 怪老人

北見菊雄就讀小學四年級，家住東京豐島區。住家附近有一座小公園，北見經常和朋友們一起在公園裡打棒球。

公園裡每天都會出現一位奇怪的老爺爺。斑白的頭上戴著貝雷帽（無邊圓軟帽），鼻上架著大眼鏡、留著白鬍子，穿著灰色西服。怪老人經常坐在長椅上。

北見與朋友們慢慢的和老爺爺熟悉了。老人經常說一些有趣的事情給少年聽。

老人好像什麼都知道，似乎比學校的老師更有學問。

「我是個科學家，也是個發明家喔！我有許多很棒的發明，你們一定會很驚訝的，連大人也會覺得訝異喔！完成之後再讓你們看。」

滿臉皺紋的老爺爺露出笑容，高興的說著。

「是什麼發明？你到底在說什麼啊？」

少年好奇的詢問。老爺爺故作神祕的說道：

「還不能告訴你們。這是祕密！我正在製作一個很棒的東西，完成後一定會震驚世人。」

老爺爺每次見到少年時，都會說同樣的話，但是，並沒有清楚說明自己的發明。久而久之，少年們也覺得很無聊，不再對老爺爺所說的事情感興趣。

只有北見菊雄非常重視這件事，他並沒有忘記老爺爺的發明，很想看看老爺爺所說的東西。

某天傍晚，朋友們都陸續回家了，北見獨自一人來到公園出口處，正準備回家時，看到老爺爺坐在長椅上並且對著他笑。

「老爺爺，你的發明還沒有完成嗎？」

北見走近老人的身邊問道。老人溫柔的笑著說道：

「已經完成了！是很棒的發明喔！你叫北見吧？你每次都很認真的聽我說明。因此，我想讓你第一個看看我的發明！」

聽到老人這麼說，北見非常高興。

「嗯！讓我看吧！在什麼地方？」

「在我家！」

「老爺爺，你家在哪裡？」

「很近，距離這裡五百公尺。北見，要和我一起去嗎？」

「嗯！既然在附近，那麼就去看看吧！」

「你真的要讓我看嗎？」

「當然啊！」

說著，兩人一起走出公園，從大馬路進入寂靜的住宅區裡。轉了幾個彎，走了將近五百公尺時，老爺爺停下腳步，說道：

「就是這裡！」

眼前出現一道大型住宅的水泥牆，另一邊是草原。草原中有一棟老舊的洋房。

「那裡就是我家！」

老爺爺牽著北見，走入沒有道路的草叢中，朝著洋房走去。

來到洋房前，老爺爺從口袋掏出鑰匙打開大門，兩人一起走入洋房中。裡面的窗子很小，古老的百葉門緊閉，因此房子裡一片漆黑。

老爺爺牽著北見的手踏上走廊，兩人在黑暗中前進。

繞過走廊打開一扇門，進入一間大房間。

按下開關後，電燈亮了起來，那是一盞附有大燈罩的電燈。只有燈泡周圍比較亮，無法看清楚整個房間。

雖然光線朦朧，但還是可以約略看到房內的景象。老爺爺說自己是科學家，這個房間看起來，的確像是科學家的房間。

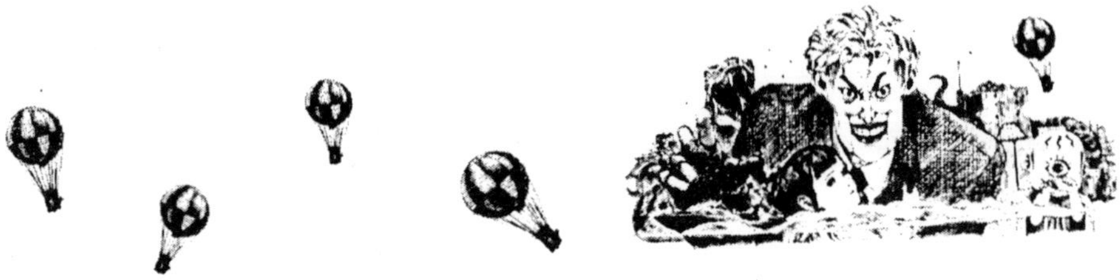

房裡有一個大型的電氣開關板、玻璃彎管，大桌子上擺著許多玻璃瓶，房裡到處都是一些不知名的機械。

北見環視這個奇怪的房間，看得目瞪口呆。突然間，發現對面的角落站著一個奇怪的人。少年嚇得抓緊老爺爺的手臂。

「啊！站在那裡的是誰呀？」

北見以顫抖的聲音詢問。

老爺爺發出「呼、呼、呼……」的笑聲。

「那就是我發明的鐵人！」

老人用可怕的聲音回答。

「鐵人……？是什麼啊？」

「也可以叫做機器人！就是用鐵打造的人！」

北見曾經在博物館裡看過機器人。博物館裡的機器人的臉好像四方形鐵盒；現在站在眼前的機器人和真的人一樣，具有白皙的臉龐，還有栩栩如生的眼睛、鼻子和嘴巴。眼睛甚至還瞪著少年呢！

「嗚呼、呼、呼……，我這個可不是普通的機器人喔！普通的機器人到處都有，一點也不稀罕。我這個是和人長得一模一樣的機器人，他會自行來回走動，而且會說話，和真人看起來一模一樣，因此，我不稱他為機器人，而稱他為鐵人。」

北見聽了之後，似乎有點害怕。

「是靠機械活動的嗎？」

「是呀！不過，我的發明和其他機器人完全不同。他全身上下就像是活生生的人一樣，而且他有名字，叫做Q。哈哈哈哈……！你的表情好奇怪喔！你不知道Q嗎？就是英文字母Q啊！這是我為他取的名字，不錯吧！現在我把他叫過來給你看……。Q，到這裡來！」

老爺爺說完之後，立刻聽到奇哩、奇哩、奇哩……好像齒輪轉動的聲音。鐵人朝這裡接近了。

機器人就像人一樣，移動腳走路，立刻就來到老爺爺的面前。Q奇哩、奇哩、奇哩的彎腰，禮貌的鞠躬打招呼。

「你看，他的鐵身體上穿著西服和鞋子，看起來和人一模一樣。這張臉也是在鐵上塗抹顏料畫出來的。」

老爺爺說著，用指尖敲打鐵人的臉。少年聽到金屬發出的尖銳聲。哇！機器人的臉真是太逼真了。臉色看起來稍微發黃，無論耳朵、眼睛、鼻子、嘴巴等五官，都像活生生的人一樣。

「他會眨眼睛，也會開口說話！Q，眨眨眼睛！」

鐵人的眼睛立刻連續眨了好幾下。

「你叫什麼名字啊？」

鐵人立刻張開鮮紅的嘴唇說道：

「我叫Q。」

鐵人用奇怪的聲音回答。好像電話裡的聲音。難道鐵人的肚子裡裝了錄音機？

北見害怕得不停的發抖。

## 鐵怪人

「怎麼樣！很驚訝吧！和人一模一樣的機器人，這是世界上獨一無二的喔！我花了五十年時間研究，才完成這個偉大的發明。」

老爺爺得意洋洋的說道。

北見真的感到很驚訝。

眼前這位白髮老人，看起來好像神一樣偉大。

「鐵人Q除了走路和說話之外，還會做什麼？」

「什麼都會做啊！他有智慧，具有思考能力。會寫字、看書、做算術，恐怕比你還厲害呢！」

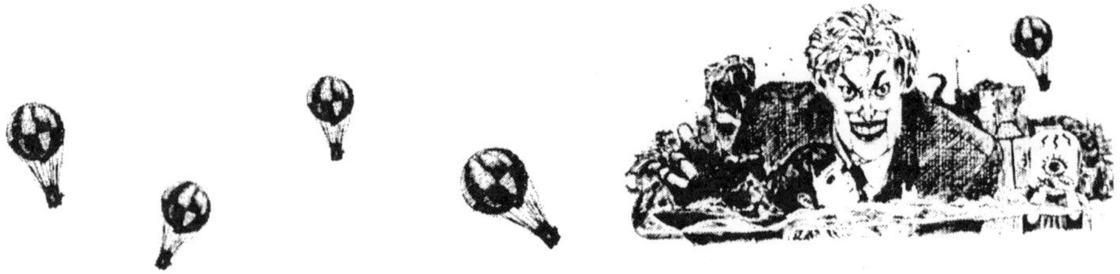

「咦！會做算術？真的嗎？」

「當然是真的！你們兩個就來比賽計算題好了。比賽做乘法，這裡有紙和鉛筆，你來試試看。」

老爺爺說著，把紙和鉛筆擺在一旁的桌子上。只有一張紙，並沒有為鐵人Q準備紙張。北見疑惑的看著老爺爺。

老爺爺笑著說道：

「Q不需要紙和鉛筆。他只要用頭腦計算就可以了。人沒有紙和鉛筆就不能計算，真是不方便耶！」

北見拿起鉛筆，老爺爺開始出題了。

「好了嗎？Q也要仔細聽好哦！五二七六、五千二百七十六乘以三八。開始，看誰最快算出正確答案。」

話剛說完，鐵人Q立刻裂開鮮紅色嘴唇，以電話般的聲音說道：

「二、〇、〇、四、八、八……」

「太棒了！北見，怎麼樣啊？你還沒有算出來吧？」

「嗯！等一下。」

北見寫下數字並且努力的計算。終於算出來了。

「嘿！二十萬四百八十八。」

「很好！兩個都是正確答案。但是，北見比Q慢了一分鐘，因此Q獲勝。哈哈哈……。怎麼樣，鐵人Q的頭腦很棒吧！」

北見更加驚訝了。好像鐵造怪物非常可怕似的。

「這只是雕蟲小技罷了。還有更令人驚訝的事情呢！要讓他做什麼呢？啊，對了！下棋好了。Q很會下棋喔，和我下棋時，Q有贏有輸，你來看看吧！」

老爺爺說著，從角落端出棋盤，擺在鐵人Q的面前，讓Q坐在椅子上，自己則坐在Q的對面。

「Q很喜歡下棋，每次贏棋後都會高興的大笑。輸了就很不高興，

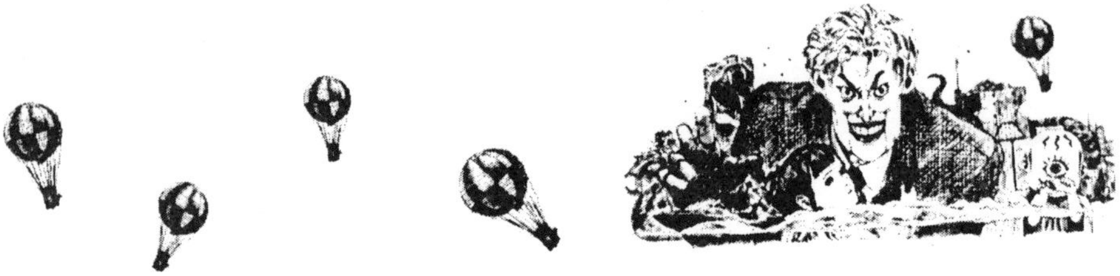

面露可怕的表情，一語不發的瞪著我。今天不知道是誰會贏！Q，加油囉！」

老爺爺把棋子擺好之後說道：

「來，今天你先下，因為先前你輸了兩次。」

人和機械間的奇怪比賽就此展開。

北見站在棋盤旁，看著這場奇妙的比賽。

北見雖然不是下棋高手，但對下棋方法也略懂一些。

最初老爺爺一邊開著玩笑，一邊悠閒的下棋。但隨著比賽進行，老爺爺不再開口說話，表情嚴肅的瞪著棋盤。微暗的房間裡，不時傳來了棋子聲。

鐵人Q的表情也變得越來越凝重。他稍微移動鐵的身體，眼睛一直盯著棋盤看，就好像真人一樣。房間裡充滿一種難以言喻的可怕感覺。

北見越看越覺得害怕。

窗外的夕陽已經西沈，天色昏暗。似乎開始刮風了，外面的大樹劇烈的搖晃著。

北見有點想要回家，但是，卻又好奇地想看看這場比賽的結果。

到底誰會贏呢？鐵人為什麼這麼會下棋呢？

北見曾經和同學下過棋，他的技術當然不敵大人。下棋是一門很困難深奧的學問，沒想到鐵人Q竟然能夠輕易的進行。

鐵人的頭腦到底是如何完成的？為什麼具有智慧呢？

北見覺得很神奇，暫時忘記害怕，一直盯著棋盤看。好像被魔力吸引似的，根本忘記回家的事情。

咻、咻……的風聲從窗縫傳來。似乎一場暴風雨即將來臨。

窗外的天色越來越昏暗，大樹好像隨時都會被吹倒似的。而老舊的洋房也似乎隨風搖晃一般。

房間裡一片漆黑，快要看不到棋子了。老爺爺忘了開燈，只是專注

的下著棋。

老爺爺似乎略勝一籌，很多被吃的Q的棋子，就擺在老爺爺方面的棋盤旁。

Q只吃到兩個小棋子。

Q的王牌棋子已經被逼到棋盤的正中央，隨時可能吃敗仗。塗抹顏料的Q的臉上，竟然露出可怕的表情。塑膠製的眼睛裡佈滿著紅色血絲。

砰！是老爺爺放下棋子的聲音。鐵人的肩膀開始搖晃。

鐵人發出「嗚、嗚、嗚、嗚……」的呻吟聲。看來他是輸定了。

砰！又聽到老爺爺移動棋子的聲音。

「將軍！」

老爺爺大叫一聲。

「嗚、嗚、嗚、嗚……」鐵人大聲的呻吟。

又聽到砰的聲音。

「將軍！」

鐵人頹喪的坐在椅子上，看來勝負已定。

啊！到底發生了什麼事？老爺爺突然嚇得全身僵硬，眼睛彷彿快要迸出來一般。眼前Q的臉好像妖怪似的瞪著老爺爺看。

北見也嚇得手腳發軟，直瞪著Q。

Q從椅子上站了起來，雙手握拳，高舉在頭上揮舞著。

「嗚、嗚、嗚、嗚……」

在發出呻吟聲的同時，鐵人Q的身體直接撲向老爺爺。

被壓在鐵身體下的老爺爺，拼命的掙扎。

外面的暴風雨越來越劇烈，洋房就好像船一樣不停的搖晃，耳邊聽到咻、咻的風聲。暴風雨不斷的敲打窗戶，窗子似乎快要被吹下來了。

突然，整個房間變成如白晝般的明亮，不久之後聽到可怕的雷聲。

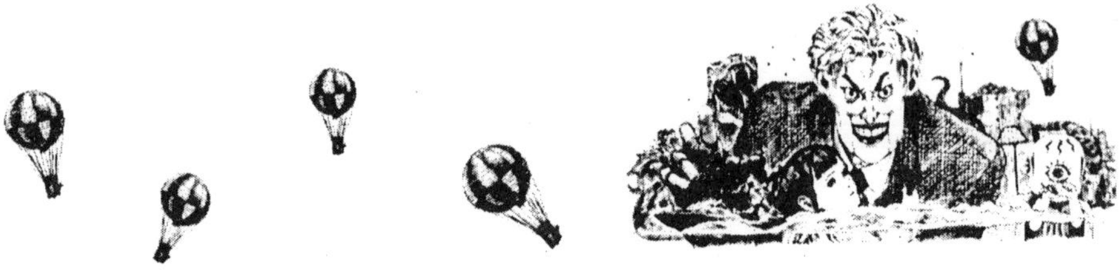

機器人的鐵人Q，全身都是鐵打造的，被壓在下方的老爺爺，根本無法動彈。

「救命啊……」

老人大聲呼叫，拼命的揮舞手腳。

北見雖然想要救老爺爺，但他豈是鐵人Q的對手。他一邊倒退，一邊看著和人長得一模一樣的Q，倉皇的逃出洋房。

外面的天色昏暗，四周一片漆黑。可怕的狂風暴雨不斷的吹打過來。

北見在暴風雨中狂奔。

有時候，天空突然劃下一道閃電，四周變得像白晝一般的明亮，聽到轟隆隆的可怕雷聲。

少年不知道自己到底跑了多遠，也不知道自己在什麼地方。突然發現眼前閃過亮光，這次並不是閃電，而是手電筒的光。

「喂，喂，你要到哪裡去呀？全身都淋濕了！」

一位警察出現在北見面前。旁邊就是派出所。警察看到少年在雨中奔跑，覺得可疑而趕過來盤問。

沒想到會在這裡遇見警察，北見鬆了一口氣，立刻詳細說明之前發生的事情。

「老爺爺可能已經遇害了！快去看看吧！」

「好！你等我一下！我叫巡邏車過來。」

警察說著快速回到派出所，對另外一位警察說了一些話後，就跑了出來。

警察和北見立刻趕往洋房。進入房間時，只看到老爺爺獨自頹喪的坐在椅子上。

「咦！鐵人Q到哪裡去了？」

北見慌張的詢問。老爺爺說道：

「不知道逃到哪裡去了！我差一點就被它勒死了。那真是個可怕的

傢伙。我製造的機器人已經不聽我的使喚了。他跑出去真的很危險。鐵人的力量強大，甚至連手槍都不怕，不知道會做出什麼可怕的事情。警察先生，你一定要抓住那個傢伙，否則……」

老爺爺用顫抖的聲音，斷斷續續的說著。

「那個機器人是不是靠電池活動的呢？只要電一用完了，它就沒辦法作怪啦！」

警察先生說著。老爺爺搖搖頭說道：

「不，不是用電池。而是用我發明的特別動力。這種動力用不完，因此，他就像活人一樣，而且他是沒有良心的鐵人，不知道會做出什麼壞事。一定要抓住他，否則將會發生可怕的事情。」

接下來當然引起了大騷動。警察立刻向警政署通報。相關區域立刻拉起警戒線（發生火災或犯罪事件時，在特定區域內禁止一般人進入，由警察負責看守）。

當天晚上和第二、第三天，都沒有發現鐵人的蹤影。

## 小綠

村田綠就讀幼稚園，是一位可愛的小女孩。

小綠的家就在上野公園的不忍池附近。

某天傍晚，小綠獨自在住家旁的廣場上玩沙子，突然，一位穿著西裝的男子走近小綠。

陌生人蹲在小綠的身旁，微笑著說道：

「乖孩子，妳幾歲啦？」

「五歲。」

小綠抬起可愛的小臉龐，天真無邪的回答。

「妳叫什麼名字啊？」

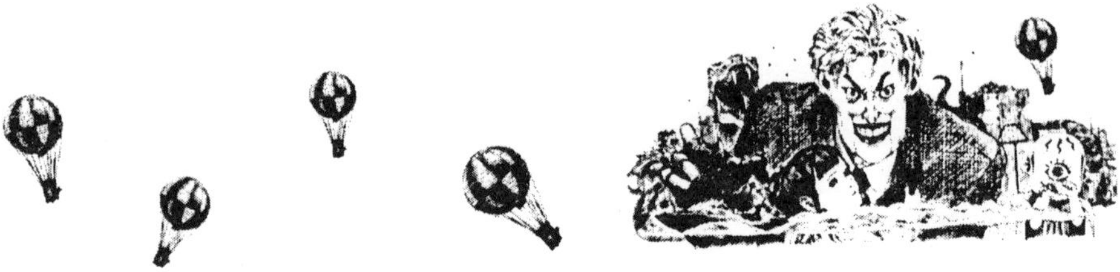

「我叫村田綠。」

「小綠嗎?真是好名字。」

陌生男人的聲音很奇怪，聽起來好像是錄音帶播放出來的聲音。小綠年紀還小，並沒有發現這些問題。心想這個人可能是外國人。因為對方的臉色白皙，鼻子高挺，而且身材高大。

「我會蓋房子喔！」

陌生人繼續用奇怪的聲音說話，用手撈起沙子，堆出洋房的形狀。

小綠高興的看著這一切。

「小綠……」

對面傳來叫喚聲與腳步聲。一名少年走了過來。

「小綠，該回家了。和哥哥一起回家吧！」

走過來的是就讀小學四年級的村田幸一，他是小綠的哥哥。

「我不要回去！我要和這個叔叔一起玩。」

小綠面露不悅的表情，覺得哥哥打擾了她。小綠似乎很喜歡陌生男子建造的沙屋。

幸一繞到男子的前面，看著蹲在那裡的男子。

真是個奇怪的男子。身體看起來有奇怪的稜角，臉上好像塗抹了白粉，嘴唇像女人的一樣鮮紅。

幸一好奇的問道：

「叔叔，你是誰呀？」

「我是人啊！你是小綠的哥哥嗎？」

男子還是用機械音回答。

「我是人啊」的說話方式真的很不尋常。

幸一覺得有點害怕，直瞪著眼前這位好像帶著假面具的男子。突然想起了什麼似的。

幸一曾經看過有關鐵人Q失蹤的新聞報導。在學校裡大家都知道這

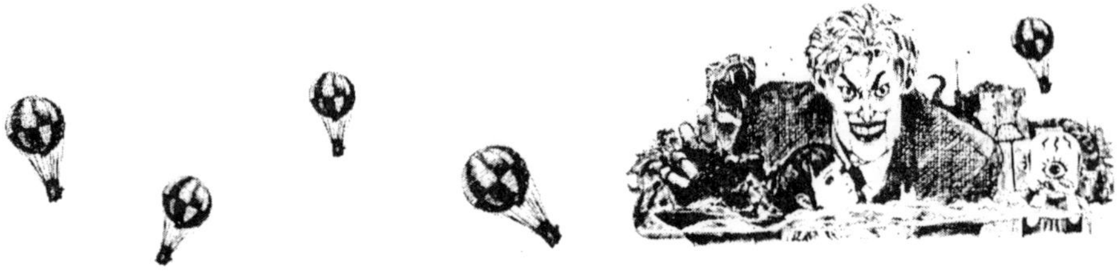

件事情。

「難道這個傢伙就是鐵人Q？」

幸一想到這裡，打從心底的感到害怕，身體不由自主的開始發抖。

男子察覺到幸一臉色的變化，突然變成好像野狗遇到陌生人一般，以懷疑的眼神看著幸一。

「小綠，我們回去了！」

幸一趕緊抓起小綠的手。沒想到男子突然抱起小綠，用可怕的眼神瞪著幸一。

幸一想要拉開男子的手抱回小綠，但是陌生男子的手就像鐵一般，緊緊的抱住小綠，根本無法拉開。

幸一二話不說，趕緊掉頭跑回家中求救。男子看到這種情況，立刻把小綠挾在腋下，拔腿跑向上野公園。

幸一回到家中向父親說明這件事情。

這個事件，當然引起了大騷動。

父親馬上打一一〇的電話報案，不久之後，好幾輛巡邏警車疾馳而來。隨即大批警察朝著鐵人逃走的方向展開搜尋，但是，大家忙得滿頭大汗，始終沒有發現鐵人的蹤影。

之前，警政署已經對所有的警局發布逮捕鐵人Q的命令，無論鐵人逃到哪裡去，應該都會被發現才對。不過奇怪的是，竟然一直都沒有鐵人的線索。

## 銀行搶匪

到了第二天，台東區的東洋銀行分行又發生了可怕事件。

時間是上午九點左右。擁擠的銀行中，一名高大的紳士走了進來。他的長相怪異，臉上好像塗抹了白粉似的，嘴唇異常鮮紅，四方形的肩

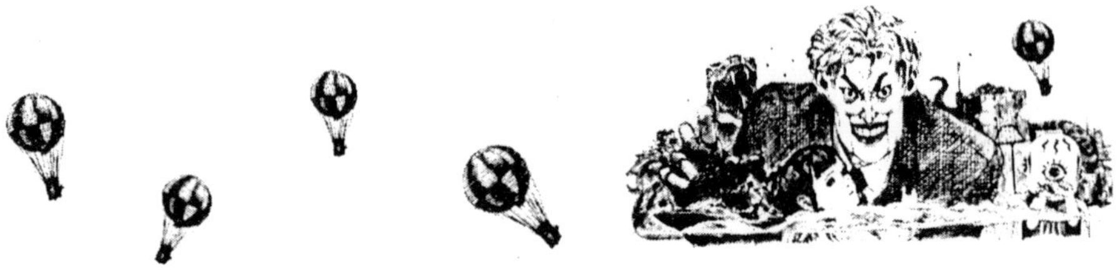

膀看起來令人害怕。

高大的男子，站在銀行的提款窗口前，一直看著其他人提款。當行員正準備把一疊總計十萬圓（相當於現在的一百萬圓）的鈔票交給顧客時，高大的男子突然從一旁伸出手來抓住鈔票，立刻打開門走出銀行。

行員嚇了一跳，呆立在當場，當高大的男子正要跨出門外時，行員大聲叫道：

「啊！有搶匪！那個傢伙是搶匪，快抓住他！抓搶匪！抓搶匪……」

高大的男子已經走出門外。聽到行員大叫時，銀行裡的其他人與守衛紛紛追趕到外面，不過，已經不見高大男子的蹤影。

「到那裡去了！跑到那裡去了！」

行員說著跑入巷子裡，其他人也跟在他的身後追趕。轉個彎進入巷子裡，但是，並沒有發現剛才那名男子。

警察也趕了過來。大家分頭搜查銀行周圍所有的巷道，並且挨家挨戶找尋，就是沒有發現那名男子。搶匪就好像煙霧般的消失了。

搶匪到底躲到哪裡去了？

搶匪抓起一疊鈔票走出銀行後，迅速繞到旁邊的小巷子裡。當時巷子裡並沒有人，搶匪抬起道路中央的檢修孔蓋，立刻跳入孔中，再從下方把鐵蓋還原。

檢修孔鐵蓋非常的重，光靠一個人的力量根本無法抬起來，跳入孔中再從下方把蓋子還原，這些事情光靠一個人的力量根本無法辦到。因此，眾人根本沒有想到搶匪會躲入檢修孔中。

大批人員仔細搜查，始終沒有發現搶匪的下落，於是，只好返回銀行商量對策。這時，有一個人突然叫道：

「那個人可能不是普通人，難道他就是鐵人Q？」

「咦！鐵人Q？」

「對了，鐵人Q是個怪物，也許他會施展魔法使自己消失。」

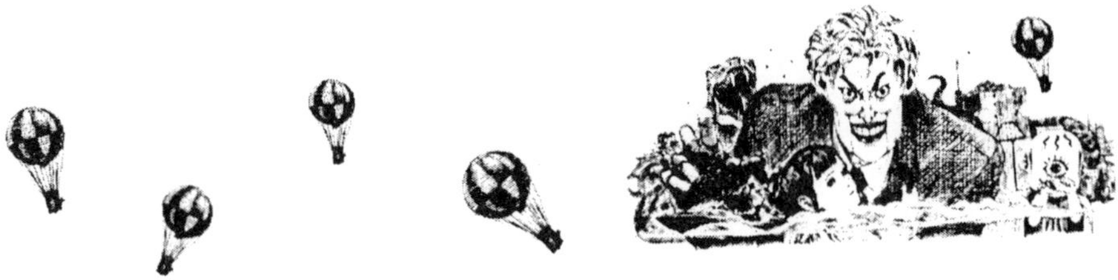

眾人聽到這裡，各個臉色蒼白的互相對看。

沒錯，這名高大的男子就是鐵人Q。鐵人力大無比，當然可以抬起檢修孔蓋。

等到眾人通過之後，鐵人悄悄的將鐵蓋略微往上抬起，從小縫隙張望四周，確認周圍沒有任何人後，鑽出檢修孔，把蓋子還原，然後從容轉身離去。

乍看之下，鐵人與一般人並沒有差別，只是高大了一些，即使在路上擦肩而過，也不會特別引人注意。雖然報紙上曾經報導有關鐵人的消息，但是當時並沒有刊出照片，因此，鐵人一直沒有被發現。

鐵人Q搶走一疊鈔票，它到底準備做什麼？既然是機器人，又怎麼知道如何使用金錢呢？

※　　※

換個話題。來到上野山下商店街一家名叫山形屋的食品店。店中有一位名叫鳥井的矮小的少年店員，他是少年偵探團青少年機動隊的成員之一。青少年機動隊是由少年偵探團團長小林，聚集流浪少年（居無定所、沒有工作而在各處徘徊的少年）而成立的偵探團機動部隊。這些少年大都在「蟻町」（第二次世界大戰後，由廢棄物回收業者在東京淺草附近的空地建立的社區）打工。

之前的鳥井少年想要從事店員工作，於是在名偵探明智小五郎的幫忙下，來到山形屋食品店工作。

鳥井到食品店工作還不到三個月，因為既聰明又勤快，因此老闆很喜歡他。

時間是東洋銀行分行發生搶案的這天晚上。山形屋食品店前，出現一位穿著筆挺西裝，肩膀四四方方的高大紳士。他的臉上好像塗抹了白粉，嘴唇是鮮紅色的。

鳥井少年看到客人進門，立刻跑到客人的身邊問道：

「請問需要什麼？」

禮貌的招呼客人。

「麵包、奶油、罐頭牛肉和果汁。」

高大的男子用奇怪的聲音回答。聽起來好像是錄音帶的聲音。

男子雙手捧著麵包、奶油、罐頭與果汁，拿出一張千圓鈔票（相當於現在的一萬圓），沒有等店員找零錢就離開了。

「請等一下！找錢啊！」

雖然鳥井少年大聲叫喚，但是，男子頭也不回的走了。似乎根本不知道錢的用法。

鳥井看著高大男子的背影，以及不靈活的走路方式，好像機械人似的。少年越看越覺得奇怪。

鳥井突然想到——

「也許他就是鐵人Q。今天早上鐵人從東洋銀行搶走一疊鈔票之後就逃逸無蹤。也許這張千圓鈔票就是其中的一張。」

想到此處，鳥井立刻告訴老闆自己的猜測。獲得老闆的同意後，鳥井拿起店裡的手電筒塞入懷裡，追趕在高大男子的身後。因為待在青少年機動隊，因此鳥井很擅長跟蹤。

高大男子來到上野公園入口的上坡路。時間是夜晚，四周沒有人經過，非常寂靜，感覺不像在都會區裡。

「啊！我知道了。昨天鐵人抓走小女孩。那個女孩一定被他藏在什麼地方。他購買這些食物，就是要給女孩吃的。鐵人不需要吃東西也能存活，因此，這些食物一定是買給女孩的。」

機警的鳥井少年，立刻察覺到這一點。

高大男子朝上野公園的深處走去。四周非常安靜，就好像處在山中一樣。

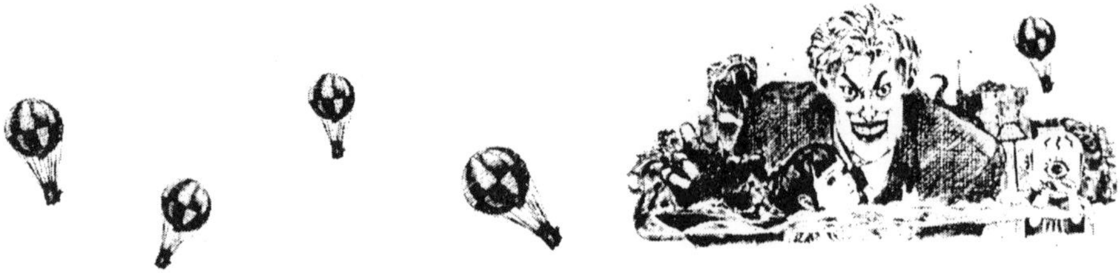

# 五層塔

男子一直往公園的深處走去，來到動物園的前方時朝左轉。東照宮聳立在前方，那是一個好像黑色怪物的五層塔。

鳥井少年繼續小心翼翼的跟蹤對方。

這裡就好像森林一樣，四周大樹林立，因此很容易跟蹤。可疑男子逐漸朝五層塔接近。來到塔附近時繞到對面去，暫時消失了他的蹤影。

鳥井少年猶豫了一下，擔心立刻跟過去可能會中了對方的圈套，男子可能就在對面等待自己。待在原地等了一會兒，鳥井才溜到剛才男子轉彎的地方，看著塔的對面。

咦！到底是怎麼回事？男子躲到哪裡去了？

四周一片漆黑，無法看清遠方。少年凝神尋視著四周，並沒有發現移動的東西。

鳥井心想，對方應該沒有走遠。

「真是奇怪？到底躲到哪裡去了？」

公園裡有微暗的路燈，只要對方走在路上，就應該會被發現才對。難道陌生男子知道被人跟蹤，因此躲到樹叢裡去了？

鳥井蹲在陰暗的樹幹旁等待對方出現，但是一直都沒有任何動靜。

這時，突然從寂靜的黑暗中傳來「奇——」的可怕叫聲。

鳥井嚇得想要拔腿逃走，但是，又馬上認為這應該是附近動物園傳來的鳥叫聲。

鳥井抬頭往上看，突然發現聳立在黑暗中的五層塔，有如黑色的龐然大怪物。

鳥井頓時覺得毛骨悚然。

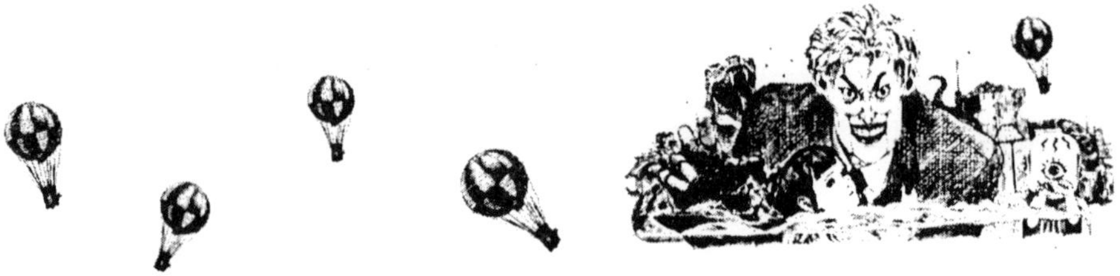

忽然間，對面的樹叢中傳出卡嚓、卡嚓的聲響。現在並沒有風，到底是什麼東西躲在哪裡呢？

鳥井嚇得不敢動彈。

卡嚓、卡嚓，樹葉持續搖動，這時，突然出現一團黑色的東西。兩個如同磷火一般的眼睛閃耀著光芒。

原來是野狗！

「啊！是一隻狗！」

鳥井鬆了一口氣。待在這個荒涼的地方實在太恐怖了，少年頭也不回的往前跑去。

鳥井根本不敢回頭，深怕一回頭時，會看見那個可怕的鐵怪物在身後追趕著自己。

## 搖晃的房間

「叔叔，你回來啦？」

在一片漆黑中，傳來可愛女孩的聲音。

「是啊！我買了好多食物回來。妳餓了吧？」

是男人的聲音，但好像是從電話聽筒上傳來的聲音。

「這裡很暗，妳可能看不見。來！用手摸摸看，這是麵包、這是牛肉，還有果汁喔！」

牛肉罐頭已經打開了。果汁的瓶蓋也已經打開了。

「哇！有麵包和牛肉耶。還有果汁，好棒喔！我快要餓死了！」

黑暗中，傳來手摸索物品的聲音，並且持續傳來急忙吞嚥食物的聲音，以及喝飲料的聲音。

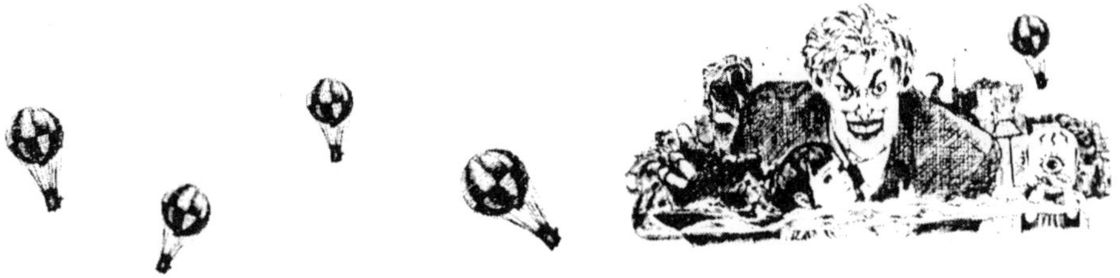

「好吃嗎？」
「好吃！」
「小綠喜歡叔叔嗎？」
「嗯，喜歡啊！但是，我也喜歡爸爸、媽媽還有哥哥，為什麼要待在這麼黑暗的地方呢？我想要回家了！」
「再過不久就讓妳回去。爸爸會到這裡來接妳。妳先和叔叔一起待在這裡吧！」
「爸爸真的會來嗎？」
「嗯，真的！」
沈默了一會兒，又聽到好像話筒傳來的聲音。
「小綠會寂寞嗎？」
「不會，因為有叔叔在這裡啊！」
「嗯！有小綠陪伴，我也不寂寞。叔叔沒有朋友，所以才把小綠帶

牛肉

到這裡來做伴。我想和妳做朋友，可以嗎？」

「可以呀！但是這裡好黑，什麼都看不到，沒有電燈嗎？」

「沒有電燈。天亮之後自然就看得到了。小綠，妳累了嗎？那裡有很多稻草，妳可以躺在上面睡覺。我來保護妳，妳安心睡吧！」

相信各位讀者，已經了解狀況了。

在某個黑暗的房間裡，鐵人Q正和小綠在談話。

小綠的年紀還小，並沒有對鐵人Q起疑，根本沒想到對方是個可怕的怪物。

不過，鐵人Q似乎很重視小綠。即使知道外出購物很危險，還是冒險出去買麵包、牛肉和果汁等食品，可見他有多麼的疼愛小綠。

這個一片漆黑的房間，到底在哪裡？

整個房間微微的搖晃，可能是在船上吧！不，船上晃動的程度應該更劇烈。也不是在火車或飛機上。交通工具上不應該這麼黑暗，而且應該有更大的引擎聲才對。

## 塔上的怪物

第二天，在山形屋工作的鳥井少年突然自言自語的說道：

「對了，沒錯！就是這樣。唉呀，我怎麼沒有發現到這一點！」

鳥井趕緊跑到老闆的身旁，得到老闆的許可後跑出店外，來到附近的派出所，對值勤的警察說明昨晚跟蹤鐵人Q的事情，並且說道：

「我之前一直都沒有想到。現在我知道了，那個傢伙昨晚一定是鑽入五層塔中。沒想到它會躲入塔裡。我在塔附近找尋，都沒有發現它的蹤影，如果它沒有躲入塔中，就不可能在短時間內消失。鐵人和小綠可能躲在塔中一片漆黑的房間裡。鐵人到我的店裡購買食品，就是為了拿回去給小綠吃。」

「這件事情一定要立刻通知上級，並且派人去調查五層塔。」

派出所裡的警察，認為事態嚴重，於是趕緊打電話向上級報告。上級立刻與警政署連絡，派遣三部巡邏車趕往五層塔。

警政總署的搜查主任帶了兩名刑警，悄悄的接近五層塔，以免打草驚蛇。仔細檢查一樓的大門，發現門上的鑰匙被扭斷了。

刑警悄悄的推開門往裡面一看，在佈滿灰塵的地板上看到大腳印，的確有人進出此地。

搜查主任指示兩名刑警進入塔中，自己先行爬上樓梯，兩名刑警則跟在主任身後。

※　　※

在五層塔五樓微暗的房間裡，鐵人Q和小綠面對面坐著。

沒想到鐵人和小綠真的躲在五層塔中。鐵人Q綁架小綠之後，把她帶到塔中。鐵人為小女孩購買食物果腹，買毛毯讓女孩睡覺，非常親切的對待小女孩。因此，小綠也很喜歡鐵人Q。

突然發現塔的下方傳來奇怪的聲響，機警的鐵人站在窗邊，從格子窗的縫隙往下看。

鐵人立刻發現塔的周圍聚集許多警察，以及看熱鬧的人群。另外，也看到三部白色的巡邏車。四周停放好幾部一般的汽車，裡面似乎坐著一些警察。

同時，還看到三位穿著西裝的人正朝著塔上走了過來。啊！是刑警。

三人推開一樓的大門，逐一進入塔內。

鐵人Q從窗縫看到這一切之後，非常慌張，立刻來到樓梯口一直往下瞧。

豎耳傾聽，聽到樓梯間傳來了叩哆……叩哆……腳步聲。看來之前進入塔內的三個人已經爬上樓梯來了。

刑警來到二樓，繼續往三樓爬。雖然刻意放輕腳步聲，但還是被鐵

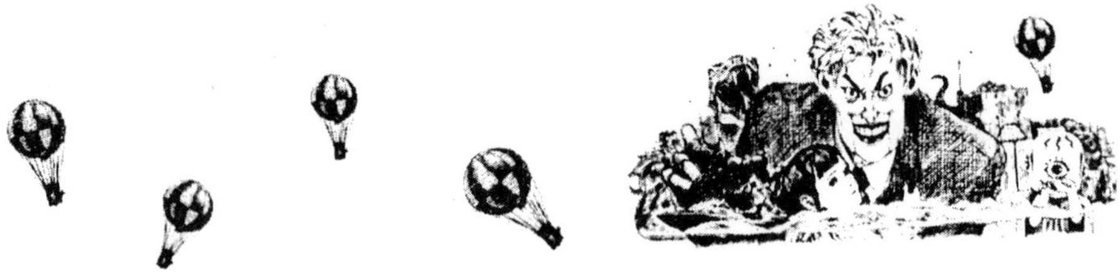

人發現了。

從三樓到四樓……，腳步聲越來越大，甚至可以聽到三人的呼吸聲。

鐵人Q倉皇的走回小綠的身邊。

「怎麼回事啊？是誰上來了啊？」

小綠天真無邪的問道。

「可怕的傢伙來了。我們趕緊逃走！」

鐵人Q說著，看看周圍，抓起房間角落的麻繩，迅速將繩子繞過小綠的腋下。

「來，我來揹妳。妳要抓緊喔！」

說著揹起小綠，把麻繩繞到自己的肩上，然後再拉到胸前緊緊的綁住。

鐵人Q拿出另外一條長麻繩，迅速推開格子門，走到圍繞五樓的狹窄走廊上。

時間是黃昏，四周微暗，塔下的人群可以清楚看見鐵人Q揹著小綠站在五樓的走廊上。

群眾中有人發出「哇──……」的驚叫聲。

「啊！他揹著女孩到底想要做什麼？難道想從那裡跳下來？這麼做小女孩一定會被摔死的！」

大家不禁捏把冷汗，目光全都聚集在塔的五樓上。

鐵人Q將手上的麻繩繞成一個圓圈，用力拋向屋頂角落的突出處。拋出的繩圈終於鉤住突出處。

鐵人Q用力的拉扯了兩、三次，試試麻繩的力量。終於下定決心，揹著小綠，雙手緊抓麻繩跳到走廊外，只見整個身體在空中搖晃。

爬上塔頂的搜查主任和兩名刑警，從五樓的窗戶探出頭去時，正好看到這一幕。

屋頂的突出處距離五樓走廊一公尺遠，無法從走廊伸出手去抓住掛

在那裡的麻繩。

另外，鐵人Q揹著小綠，如果一不小心讓兩人從高處摔下去，那可就糟了。

搜查主任等三人不知所措，只能眼睜睜的看著抓著麻繩盪鞦韆的鐵人Q。

突然，下方傳來「哇」的驚叫聲。看熱鬧的人群緊張的大叫。好像正在觀賞空中馬戲團驚險的表演似的。

「小綠，閉上眼睛，緊緊的抓住叔叔的肩膀，待會兒就好了，妳要忍耐一下喔！」

鐵人Q一邊鼓勵著小綠，一邊用雙手抓著麻繩，慢慢盪到塔的屋頂上去。小綠緊抓著鐵人Q的背部，有如坐在鞦韆上搖晃的感覺。小綠悄悄的張開眼睛看著下方。

哇，好高呀！小綠嚇了一跳，趕緊閉上眼睛。

塔高二十公尺，麻繩就在四樓的屋頂外晃動著。

從上方往下看，圍繞在塔周圍看熱鬧的人群，就好像玩具一樣的小。

攀附在繩索上的鐵人和小女孩，在半空中來回晃盪。

揹著小綠的鐵人Q，打算爬上塔的屋頂。他到底想要做什麼？

小綠很害怕自己會從這麼高的屋頂上摔落到地面。在下方看熱鬧的人群，全都為小女孩捏了一把冷汗。

## 消失的鐵人

啊！揹著小綠的鐵人Q，終於爬上了屋頂。

警察們束手無策的看著屋頂上的鐵人。鐵人孔武有力，可以輕易的爬上屋頂，然而警察們卻無法辦到。就算勉強爬上屋頂，但是，如果在屋頂上扭打，則有可能使得人質從屋頂上摔落到地面去。

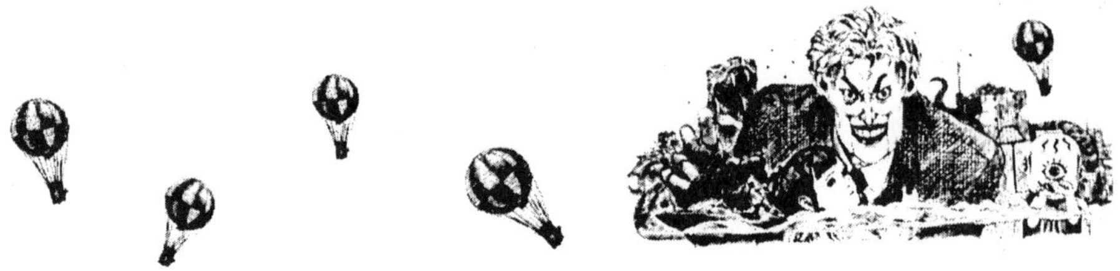

這的確是很棘手的事情。

該如何才能抓住鐵人Q呢？警察們不斷的商量著。時間一分一秒的過去，轉眼天色逐漸暗了下來。

太陽已經下沈了。

「看來只能調派雲梯車過來。利用雲梯車爬上塔頂救出小女孩。」

在塔下負責指揮的警官說著。命令部下打電話到消防署求援。

三十分鐘以後，雲梯車終於到達。上野的森林一片漆黑，無法看清塔頂上鐵人Q及小綠的人影。

塔下的三部巡邏車都配備小型探照燈，只可惜無法照到塔上。

雖然塔下燈火通明，但是，屋頂上卻是一片黑暗。

如果想要照亮屋頂，就必須從高處使用大型探照燈。

因此，立刻從警政署載運探照燈過來，架在附近最高建築物的屋頂上。為了這些準備工作，又花了三十多分鐘。

探照燈的強光終於照射到塔頂上，塔上變得如白晝般的明亮。

原本塔下的人群無法看清屋頂上的情形。警察隊與看熱鬧的人群形成一個大圓圈，包圍塔的周圍。

屋頂變亮之後，眾人全都抬頭看著屋頂。

啊！屋頂上竟然空無一人。

如同白晝般燈火通明的塔頂上，竟然沒有任何人。

就算鐵人Q躺在屋頂上，應該也可以看到的。不過，鐵人Q和小綠竟然消失不見了。

塔很高，塔頂上的人不可能從上面跳下來呀！可能是利用麻繩又回到塔內去了。

塔下的幾名警察，再度進入塔內，手握手電筒和手槍，小心謹慎的爬上樓梯。

一名消防人員站在雲梯上，不斷的往上攀升。

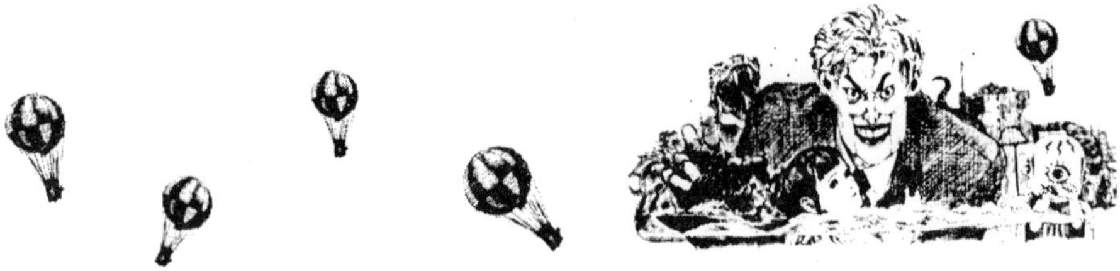

為了小心起見，雲梯車到達屋頂附近停了下來，消防人員仔細觀察屋頂的情況。

後來，雲梯停在最上方的屋頂旁。

消防人員從雲梯前端跳上塔的屋頂，在上面轉了一圈，並沒有發現任何人。

沿著塔內樓梯往上爬的警察，終於到達五樓。

一行人用手電筒照射四周。走在最前面的警察，發現了狀況，大聲叫道：

「啊！」

仔細一看，五樓的角落裡，有一位穿著襯衫的高大男子和小女孩倒在那裡。

那名男子就是鐵人Q。但為什麼只穿著一件襯衫倒在那裡呢？

警察們握緊手槍，小心翼翼的接近高大男子。

鐵人手上握有人質，如果傷及無辜，可就糟了，必須先救出小女孩才行。

一名警察跑近女孩的身旁，抱起了女孩，看來她並沒有受傷，只是嚇昏了過去而已。

當警察抱起小女孩時，她突然「哇」的放聲大哭，緊緊的抓住警察。

這名小女孩應該就是小綠。

只穿著襯衫的鐵人Q一動也不動的趴在地板上，好像死了一樣。

三名警察從三方包圍過來，用槍對準鐵人。其中一名警察左手拿著手電筒，照射地上的男子。

「啊！是正木。」

「嗯！沒錯。是正木巡佐。這到底是怎麼回事啊？」

警察們一頭霧水的互相對望。

「喂！怎麼回事啊？」

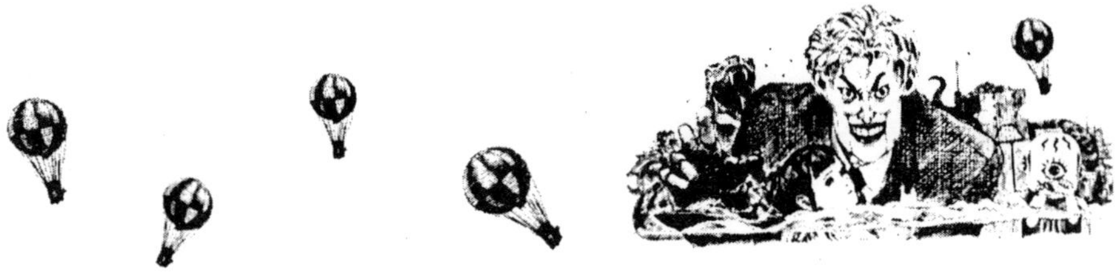

一名警察抓住高大男子的肩膀大聲叫道。

躺在地上的男子，終於醒了過來，他睜開眼睛。

「喂！怎麼回事？你有沒有遇到鐵人Q？」

「我也不知道！我突然就暈倒了，好像有人從後方揍我一拳。」

正木巡佐按著後腦勺，懊惱的說道。

「是誰揍你呢？」

「還會有別人嗎？一定就是那個機器人。它用鐵臂揍了我一拳。它的力量可真大。」

「然後你的衣服就被脫掉了嗎？」

聽到對方這麼說，正木嚇了一跳，趕緊看看自己的身體。

「啊！衣服？被那個傢伙搶走了嗎？」

「難道你不知道自己只穿著一件襯衫？」

「啊！你是說……，對了，那個傢伙假扮成巡佐逃走了！」

「機器人竟然擁有這麼可怕的智慧。它的身材壯碩，而你也身材高大，你的衣服正好適合它。」

「畜生！」

鐵人Q竟然假扮成警察逃走了。警察們趕緊跑下樓來。

其中一人扶著正木，另外一個人則抱著小綠來到塔外。

此時，小綠的爸爸村田先生也帶著幸一趕了過來。

知道鐵人Q躲在五層塔中之後，警察立刻通知村田先生。抱著小綠的警察走近村田先生的身邊。

「幸好孩子平安無事。來，交給你了！」

說著，將小綠交給村田先生。

被爸爸抱住的小綠，放聲大哭。

「哦！沒事了，妳一定很害怕吧！爸爸絕對不會再讓妳遭遇這種事情了。安心吧！妳看，哥哥也在這裡呢！」

村田先生高興的安慰著小綠。

聽說鐵人Q假扮成警察逃走，小綠的哥哥，也就是就讀小學四年級的幸一來到警察面前說道：

「我剛才一直看著塔的入口。大約二十分鐘前，我看到一名警察從入口走了出來，立刻進入對面的人群中。對方一定就是鐵人Q。」

一切都已經太遲了。鐵人Q早已消失了蹤影。

## 進入水中

全身用鐵打造而成的機器人「鐵人Q」，竟然從上野公園的五層塔假扮成警察逃走了。

接下來的一個月內，沒有人發現鐵人Q的蹤影。警察們努力搜查，但是，都沒有發現鐵人的下落。

仔細搜查製作鐵人Q的老人的家中，但是當Q逃走之後，老人的行蹤也成謎。

一個月後的某天晚上，新橋大街上一家名叫玉寶堂的寶石店裡發生了奇怪的事件。

時間是晚上九點左右。

當時玉寶堂正準備打烊，一名高大的男子突然走入店中。

對方是一位西裝筆挺的紳士，店員立刻說道：

「歡迎光臨！」

面帶笑容的迎接顧客。

紳士直刺刺的來到玻璃櫃前，用手指著陳列昂貴鑽石的櫃子。

雖然顧客什麼話也沒有說，但很明顯的，是要店員將櫃子裡的寶石拿給他看。一名店員打開玻璃櫃，取出寶石盒，擺在玻璃台上。

紳士看了一眼，好像不喜歡似的又指著寶石櫃。

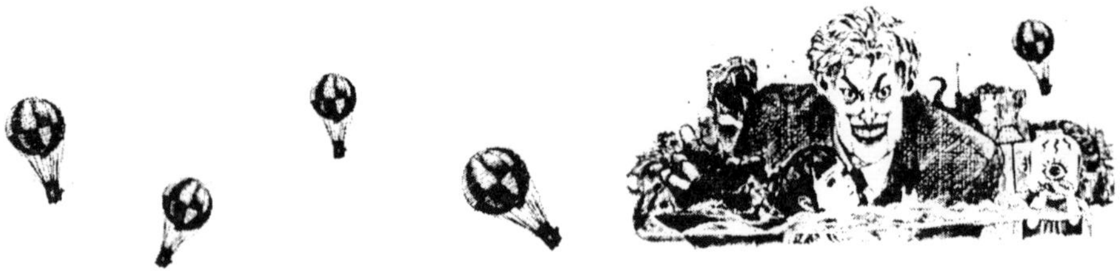

店員順著紳士手指的方向，好像被催眠一般，陸續端出各種昂貴的寶石，一一的陳列在櫃台上。

突然，櫃台前的高大男子跳上玻璃台，迅速的從眼前六個盒子裡取出寶石，立刻塞入口袋中。

店員嚇了一大跳，正準備制止時，紳士一把推開店員，迅速衝出店外，立刻消失在一旁的巷子裡。

店員們嚇得大聲叫道：

「有強盜！抓強盜……」

大聲叫著並且及時追趕。追到隔壁巷子時，發現那裡空無一人。寂靜的暗巷裡根本沒有人。整條巷子都不見剛才那名紳士的身影。

聽到吵鬧聲，附近的店家以及來往的行人全都聚集了過來，警察也聞訊趕了過來。

眾人合力協尋。不僅旁邊的巷子，連附近所有的巷道都找過了，就是沒有發現任何線索。

「那個傢伙一句話也不說，臉上沒有表情，好像是個木頭人似的。難道他就是從上野的塔頂逃走的那個鐵人Q？」

一名店員突然想到這一點，不禁大叫出聲。

聚集的眾人也跟著驚聲尖叫。

「如果是鐵人Q，那麼，它就像魔術師一樣擅長隱身術，恐怕很難找到他了。」

有人這麼說著。

聽說是鐵人Q，圍觀的眾人因為害怕而逐漸離去。

玉寶堂的店員默默的回到店中。警察們緊急趕往總署向上級報告。

寂靜的小巷，頓時變成空無一人。

仔細一看，巷子正中央的垃圾箱後方，好像有什麼東西在移動。

是狗嗎？不，不是狗。

是一名穿著髒衣服的矮小少年。

少年躲在垃圾箱後方，一直拼命地看著對面的地面。

他到底發現了什麼？

不久，少年所盯視的地面上，終於有動靜了。

並不是地面在移動，到底是怎麼回事？

啊！原來是檢修孔的鐵蓋在移動。圓圓的鐵蓋從下方慢慢的被抬了起來。

從檢修孔下方出現的……，竟然就是那個好像戴了面具的鐵人Q。

這一回它又是躲入檢修孔中。

鐵人Q從檢修孔鑽了出來，將鐵蓋復原後，默默的離去了。

鐵人從這小巷繞到那小巷，走在人煙稀少的巷子裡，一直往東方的東京灣方向走去。

躲在垃圾箱後面的少年，悄悄的跟蹤鐵人Q。

「果然不錯。一般人的力氣無法獨自移動檢修孔蓋，但是鐵人可以辦到，因為它有一雙鐵臂。」

少年喃喃自語著。他就是少年偵探團青少年機動隊的口袋小鬼。

口袋小鬼在其他事件中非常活躍。十二歲的他看起來好像只有六歲大。身材非常嬌小，甚至可以塞入口袋裡，因此被稱為口袋小鬼。

口袋小鬼今晚到銀座辦事，歸途經過新橋大街時，正巧遇到玉寶堂事件。小鬼夾雜在看熱鬧的人群中。等到人群逐漸散去之後，口袋小鬼躲在垃圾箱的後面，一直盯著馬路中央的檢修孔。

沒想到真的被小鬼料中了。不愧是少年偵探團的青少年隊員。

鐵人Q並不知道口袋小鬼跟蹤自己。它走到新橋，沿著河邊朝濱離宮的方向走去。

已經過了十點，附近人煙稀少，街道微暗，因此，沒有人發現鐵人奇怪的身影。

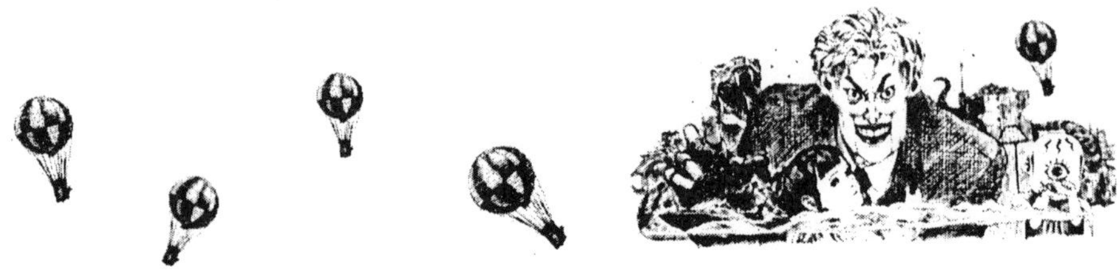

「好！無論它走到哪裡，我都要跟蹤他，以便找出它的住處，然後再藉助少年偵探團和青少年機動隊的力量抓住這個傢伙。」

口袋小鬼小心謹慎的跟蹤。如果大叫搶匪，把人群聚集過來，也許可以抓到鐵人Q，但是，這麼一來也可能打草驚蛇。

到達濱離宮之前，竟然發生了怪事。

河邊的道路鋪有通往河邊的石階，這是為了方便船隻裝卸貨物而建造的。石階是延伸到河邊的水面上。

但不知什麼緣故，鐵人Q竟然走向石階。

「哇！難道有船正在等待著它?這下糟了！」

口袋小鬼呆立在原地。萬一對方坐上了船，那就無法再跟蹤了。但是，黑暗的水面上並沒有看見船的蹤影。即使如此，鐵人Q還是不斷的走下石階。

「咦！難道他想游泳渡河？」

口袋小鬼又嚇了一跳。但仔細一想，全身用鐵打造而成的笨重鐵人不可能浮在水面上，一旦跳入河中，就一定會沈下去。

Q若無其事的走下石階。來到水面附近時，並沒有停下腳步。

哇！Q的腳跨入黑暗的河中。每走一步，身體就逐漸進入水中，從腳到膝、從膝到大腿、從大腿到腰、腹部、胸部，最後只剩下頭部露出水面。鐵人並沒有停止前進，最後連頭部都沈入水中，只看到水泡從水底浮了上來。

啊！這到底是怎麼回事？

## 口袋小鬼的冒險

口袋小鬼躲在岸邊，仔細看著眼前的一切。可惜自己不能鑽入河底一探究竟。

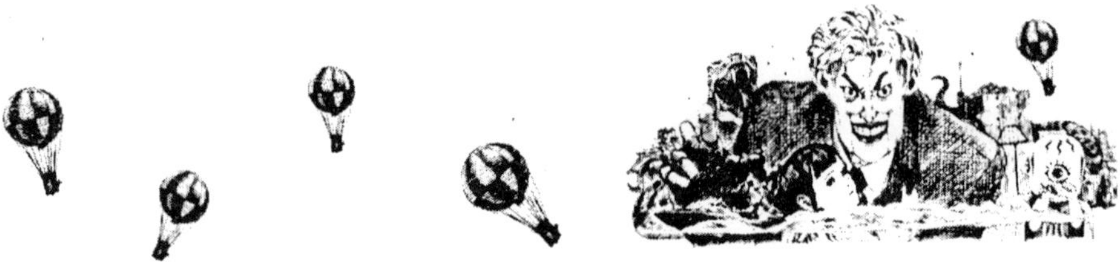

等了一會兒，鐵人Q並沒有鑽出水面。他到底去哪裡了呢？

口袋小鬼手臂交疊想了一會兒。啊！對了，河底可能有通道可以通往與河岸並排的住宅，鐵人可能進入秘密通道裡去了。

秘密住家的地下室可能通往河中。只要從地下室鑽進去，再爬上樓梯，就可以到達一樓的房間。

口袋小鬼一邊看著河邊的住宅，一邊往前走，想要找尋可疑的住家。

來到距離鐵人Q走下石階的第三間住宅前，小鬼覺得有一棟三層樓的古老洋房看起來很可疑。

伸手推了推鐵門，發現門是開的，口袋小鬼溜進了裡面。

河邊的住宅沒有庭院。進門之後，立刻看到洋房入口。小鬼推了推門，發現門上了鎖，推不開。

口袋小鬼繞到洋房的側面，看到一樓的窗戶透出亮光，似乎有人在房間裡。

小鬼湊近明亮的窗子，往裡面窺伺。窗上的簾子垂掛下來，但透過縫隙，還是可以看到房裡的情況。

一位奇怪的老爺爺，躺在長椅上抽著煙。他戴著大眼鏡、留著白鬍鬚，身穿灰色西裝。

「難道那個傢伙就是製作鐵人Q的老爺爺？」

口袋小鬼突然想到這一點。自從鐵人Q開始為非作歹之後，製作鐵人的老人就消失得無影無蹤。難道他就躲在這個住宅裡？

如果真是那位老爺爺，那麼，鐵人Q就可能從河底回到這棟洋房裡來。想到此處，小鬼覺得心跳加快。

口袋小鬼攀附在窗緣上，仔細觀看房裡的一切。看到房門推開一條細縫，有人從門外探頭進來。

啊！是鐵人Q！

不錯，是那張蒼白的臉、鮮紅的嘴唇以及大眼睛。

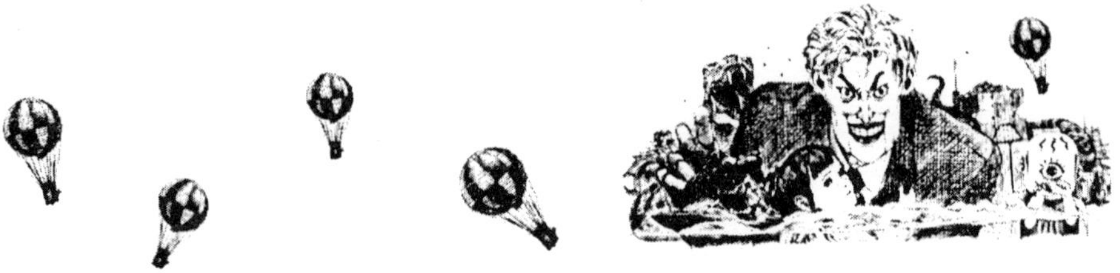

門完全被推開之後，鐵人以機器人走路的方式走進房間。沒想到鐵人Q真的從河底爬了上來。他的衣服全都濕了。

鐵人來到老爺爺的身邊，不知道說了些什麼。因為玻璃窗緊閉，無法聽到談話聲。

哇！鐵人Q搶奪寶石之後，竟然從河底回到秘密的巢穴中。

鐵人從口袋掏出閃閃發亮的寶石，擺在桌上。

老爺爺笑呵呵，開心的看著寶石。

看來老爺爺就是鐵人的同謀。

鐵人Q盜回寶物，老爺爺感到很高興。

口袋小鬼看到這一幕，心想一定要趕緊通知少年偵探團的小林團長。

當小鬼的手離開窗邊準備轉身離去時，黑暗中突然有一個高大的人影站在那裡。

男子伸出雙手，一把抓住小鬼，並且把他夾在腋下。

男子用大手摀住小鬼的嘴巴，讓他無法出聲求救。小鬼只能不停的揮動手腳掙扎。

口袋小鬼專注的觀察房裡的情況，根本沒有發現身後有人接近。這名男子應該也是鐵人Q或可疑老人的同夥。

男子夾住口袋小鬼，推開門走入住宅內。通過微暗的走廊，爬上走廊盡頭的階梯。

從二樓到達三樓，男子並沒有停下來，沿著細長的梯子來到四樓。這棟三層樓的洋房應該沒有四樓，這裡應該是閣樓。

男子把口袋小鬼丟入狹窄的閣樓裡，不知道從哪裡找來繩子綁起小鬼的手腳，並且把手帕塞入小鬼的嘴裡。

「哇哈哈哈……，你是少年偵探團的流浪少年吧！鐵人Q早知道你在跟蹤他，而且也知道你一定會發現這棟房子，所以要我過來抓你。我也是那個老爺爺的同夥。今晚你只好睡在這裡囉！明天早上我會送飯給你吃。」

男子說完之後關上門，從外面上鎖之後離去。

口袋小鬼是在「蟻町」工作的青少年機動隊的成員之一，就算睡在木板上也不覺得難受。

「既然被抓住了，今晚就先好好的睡一覺吧！等天亮之後再來想辦法。」

想到這裡，小鬼立刻閉上眼睛倒頭就睡。雖然身材矮小，但卻是個大膽、勇敢的少年。

不知道睡了多久，覺得好像有人碰觸他的身體。小鬼驚醒了過來。

四周一片漆黑，應該還是半夜。從小窗子透進微微的光線，睜開眼睛一看，感覺好像在深水中，周圍一片模糊。

卡達、卡達、卡達……的聲音傳來。有東西在木板上移動，但並不是人，是極小的東西。

「啊！是老鼠。剛才感覺有人碰我，原來是老鼠在我的身上爬行。」

口袋小鬼發現了這一點。在老舊洋房的閣樓裡有老鼠築巢，這也沒什麼好奇怪的。

知道是老鼠之後，口袋小鬼又安心的睡著了。

因為老鼠之賜，口袋小鬼後來才能從閣樓逃出。不過，當天晚上小鬼並沒有想到這一點。

再次睜開眼睛時，天已經亮了。

口袋小鬼睡了一覺之後，精神飽滿，正躺在地板上思考逃走的方法時，門突然被打開。昨晚那名男子端來了早飯。

男子把托盤擺在地上，拿掉塞住小鬼嘴巴的東西，為他解開手腳上的繩子。

「我帶你去上廁所，然後吃早飯。」

男子說著嗤笑了起來。

# 掙脫繩子術

男手下早晚都會送飯過來。也會定時帶口袋小鬼去上廁所。

手下會為小鬼解開繩子，讓他吃飯、上廁所，不過當他離去時，又會再度用繩子將小鬼的手腳緊綁，因此小鬼無法逃脫。

但是，口袋小鬼一點也不擔心，他是個聰明的少年，會運用智慧逃走。小鬼一直思考該如何逃走。

白天小鬼裝作若無其事的樣子，到了吃晚飯時，小鬼趁著男子不注意，把一糰飯偷偷的塞入木板下方。

男手下並不知道這件事。小鬼吃完飯之後，又像先前一樣被綁起手腳，嘴巴被塞上東西。

小鬼躺在地板上，一直等到深夜。

時間大約是八、九點。四周一片寧靜。耳邊傳來叩、叩、叩、叩的細微聲音，是老鼠。

和前一天晚上一樣，老鼠從洞穴中溜出來找尋食物了。

口袋小鬼滾到先前藏飯糰的地方，用下巴移開木板。把飯糰推到胸前，也就是雙手被綁住的位置，讓繩子上沾滿飯粒。

有些飯粒掉在地板上，小鬼滾動身體，讓飯粒黏在身上，然後一動也不動的仰躺在那裡。

又聽到叩、叩、叩的小聲音，老鼠溜出來了，而且有兩隻。

口袋小鬼屏氣凝神，好像死掉似的躺著。兩隻老鼠聞到飯香味，悄悄的晃動接近口袋小鬼，最後爬上他的胸口。

飯粒緊緊的黏在胸前的繩子上，老鼠為了啃食繩子上的飯粒，因此開始用尖銳的牙齒不停的咬著繩子。

原來這就是口袋小鬼的高明計謀。老鼠終於咬斷了繩子，而被緊綁雙手的小鬼也終於恢復自由了。

只要雙手掙脫繩子，一切就好辦了。

小鬼拿掉塞住嘴巴的東西，解開綁在腳上的繩子後站了起來。

從閣樓往下走，會經過一道木板門，門並沒有上鎖。可能是看守的男子認為小鬼的手腳被緊綁無法動彈，因此沒有鎖門。

小鬼偷偷的推開木板門，靜悄悄的走下樓梯。來到三樓時，因為走廊上有電燈，所以不會迷路。

來到二樓後再走下一樓。躡手躡腳的在走廊上走動，找尋鐵人Q的蹤影。

小鬼發現有一間空氣窗亮著燈的房間，走近門豎耳傾聽，發現裡面有人在走動的聲音。小鬼蹲在門前，從鑰匙孔窺視裡面的情況。

小鬼的眼睛貼著鑰匙孔，因為房間裡是明亮的，所以，可以看見房間的一部分。

鐵人Q就站在正面。塗著白粉的臉、鮮紅的嘴唇和圓溜溜的眼睛，看起來栩栩如生。

「機器人，你真棒！只要轉動身體裡的齒輪，就可以隨意活動，而且能夠開口說話。」

說話的並不是鐵人Q，而是另外一個人。從鑰匙孔中看不到說話的人。

可能是製造Q的老爺爺。不，聲音聽起來更為年輕。看到那個人的肩膀了。他身穿黑色衣服，肩膀的肌肉隆起。不是老爺爺，是不是那名男手下呢？

「有了你的幫忙，我才能夠瞞住世人。就好像魔術師一樣，能夠自由自在的行動。這全都是你的功勞，是吧！機器人。」

小鬼透過鑰匙孔，看到說話男子的一半背影。啊！看到半張臉了，同樣是一張塗抹白粉的蒼白臉孔。

咦！這個男子和鐵人Q長得一模一樣，還穿著相同的服裝。

口袋小鬼嚇了一跳，繼續從鑰匙孔看著裡面。

不久之後，原先只看到背部的男子突然轉過頭來。

啊！真的完全一模一樣。竟然有兩個鐵人Q。圓圓的眼睛、雪白的臉、鮮紅的嘴唇，就好像照鏡子似的，兩張一模一樣的臉，身體也完全一樣。

啊！原來有兩個鐵人Q。其中一個是真正的人，能夠隨心所欲的說話。

剛剛一直面對門站立的Q，像人偶一樣，什麼話也沒說，那一定是機器人。另外一個Q到底是誰呢？難道有人假扮成鐵人？

口袋小鬼不斷的思考這個問題，突然好像發現什麼似的，迅速離開門前，躡手躡腳的走向玄關。沒有被任何人發現的小鬼，來到了玄關前。

輕輕一推，門就打開了。

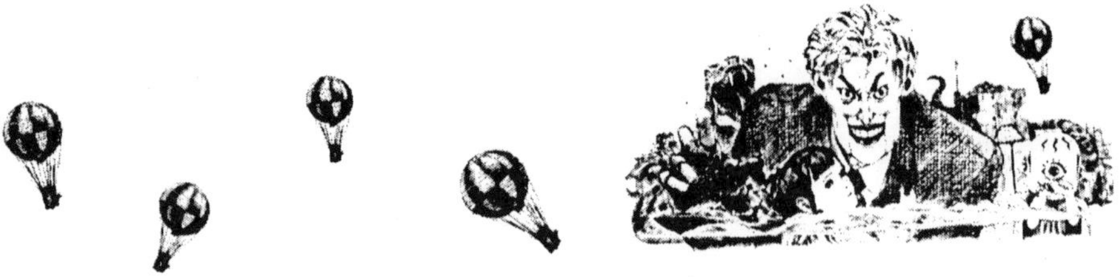

口袋小鬼趕緊飛奔到附近的商店街上去。

商店裡的時鐘顯示八點半。口袋小鬼利用香煙店的紅色電話（當時的公用電話大都是紅色的）打電話到明智偵探事務所。

接電話的是小林少年。

「喂，小林團長！我是口袋小鬼。事情不好了！」

口袋小鬼看看四周，商店老闆可能在裡面，街道上又正巧沒有人通過，於是小鬼壓低聲音，簡短的報告事情發生的經過。

「咦！有兩個鐵人Q？」

小林團長驚訝的回問。

「嗯！是的！團長，我想，另外一個人……」

小鬼沒有繼續說下去，小林少年已經知道他的意思了。

「好，真是有趣。明智老師不在，我會打電話給中村警官，也會召集少年偵探團和青少年機動隊和警察們一起趕過去。你繼續監視，不要讓對方給逃走了！」

說完掛上電話。終於到了發動總攻擊的時刻。真的能夠順利抓住鐵人Q嗎？

## 齒輪人

口袋小鬼打電話給小林少年之後，立刻折返鐵人Q居住的洋房，躲在大門內的樹叢中。

小鬼仔細的監視，絕對不能讓鐵人Q逃走。

三十分鐘以後，三部巡邏車停在距離洋房一百公尺處，將近十名的警察從車上走了下來。

巡邏車的後方停著兩部汽車，由小林少年率領的少年偵探團和青少年機動隊隊員也到達了，總計十人。

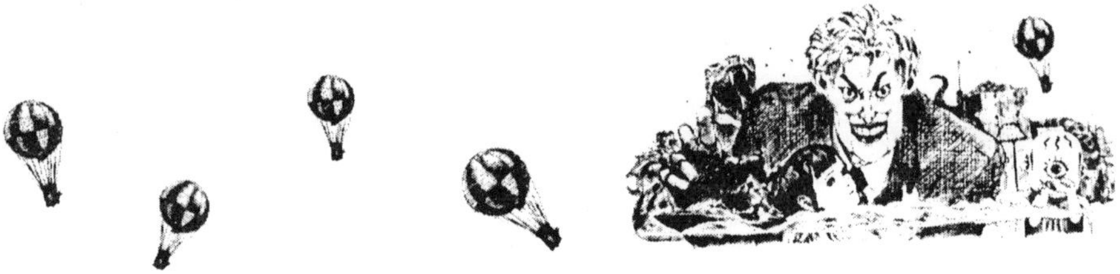

口袋小鬼發現後，趕緊跑過去和小林會合。

兩個人耳語了一會兒，小林少年小聲的指示，十名少年立刻分散開來，迅速的躲入黑暗中。

由十名警察組成的警察隊，在警政署中村警官的指揮下，進入洋房門內。三個人繞到後門，剩下的七人走進玄關。

所有的警察都握著手槍。七名警察的身後跟著小林少年、口袋小鬼以及兩名少年偵探團團員。四位少年準備跟警察一起進入玄關。

中村警官按下門鈴。不久之後玄關的門開了。製造鐵人Q的老爺爺的手下探出頭來。

「啊！」

手下驚叫了一聲，慌張的想要關上門時，中村警官已經搶先一步將左腳伸入門內。

手下立刻返身逃入裡面。

警察隊和四名少年追趕在後。眾人一起衝入洋房中。

中村警官指示兩名警察在玄關留守，而自己則拿著手電筒朝著走廊前進。

「啊！二樓。逃到二樓去了。」

有人叫著。走廊的盡頭有樓梯。傳來三、四個人跑到那裡去的腳步聲。

警察拿著手電筒，爬上樓梯。

歹徒在一片漆黑的二樓走廊上奔跑，接著爬上三樓。

來到三樓時，又繼續跑向通往閣樓的樓梯。

「沒問題了，他們已經成為甕中之鱉。通往閣樓的樓梯只有一座。」

口袋小鬼壓低聲音說道。

「事情很奇怪。最初有三、四個人的腳步聲，現在只剩下一個人的腳步聲。兩個人繼續往上追捕歹徒，剩下的人仔細搜查二、三樓。」

中村警官說著，帶著一名警察趕往通往閣樓的陡峭樓梯。

其餘的警察和少年們仔細檢查三樓的房間，接著搜查二樓與一樓。經過仔細的搜查，發現所有的房間都空無一人。

歹徒到底躲到哪裡去了？

這時，洋房門前已經聚集許多圍觀的群眾。時間剛過九點，街道上的人以及附近的人發現了巡邏車，因此聚集過來。

巡邏車上附帶小型探照燈裝置，留守在車上的駕駛打開探照燈照射洋房。

共有三部巡邏車，因此有三座探照燈。三座探照燈的光芒，把三層樓的洋房照得燈火通明。

「啊！爬到屋頂上去了。鐵人Q出現在三樓的屋頂上。」

洋房門前看熱鬧的人群中傳出驚叫聲。眾人的眼睛全都看著屋頂上。

啊！你們看。就在屋頂的正中央有一個突出的小屋頂，鐵人Q正打開那裡的玻璃窗探出頭來。

鐵人Q的身後跟著中村警官以及另一名警察。屋頂上已經展開追逐戰。

三座探照燈的光線全都聚集在屋頂上。就在一片明亮中，展開危險的獵捕行動。聚集在門前看熱鬧的人群，全都捏了一把冷汗。

鐵人Q爬上屋頂。中村警官以及部下在鐵人身後追趕。

仔細一看，鐵人Q的身後似乎有黑影在移動。

一名穿著黑色衣服、頭上蒙著黑色布巾的男子扛著鐵人Q的身體。

圍觀的群眾發出「哇」的驚叫聲。

屋頂上的鐵人突然滑了一跤，立刻從高處掉落到地面上。

在探照燈的照射下，好像看到了金屬的光芒，接著聽到鏘的一聲巨響。那是金屬破裂的聲音。

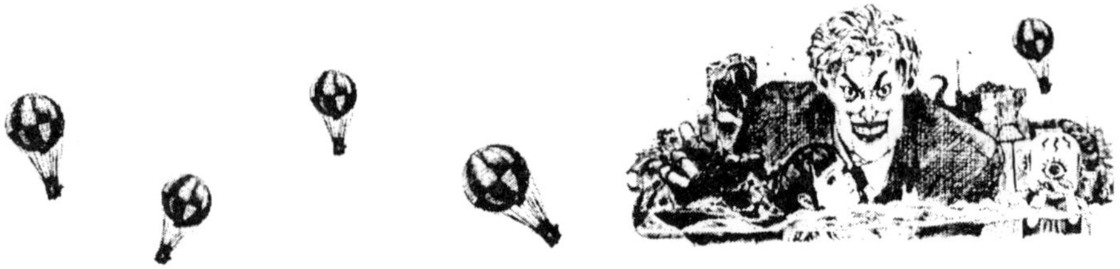

守在玄關的兩名警察跑了過來。

留守在巡邏車裡的警察，也走下車來。

許多看熱鬧的人群也聚集過來……。

鐵人Q躺在地上，身體四分五裂。

鐵人Q的肚子破裂了，露出許多齒輪。原來鐵人的肚子裡塞滿了各種大小不一的齒輪。

包括中村警官在內，原先進入洋房的警察與少年們，全都趕到玄關前。大家一起看著在巨大探照燈照射下的鐵人Q的殘骸。

齒輪打造而成的鐵人，竟然能夠隨心所欲的活動，真是不可思議。

「中村警官，爬上五層塔以及搶走鈔票和寶石的人，和鐵人Q長得一模一樣。真正做壞事的另有其人。口袋小鬼說有兩個一模一樣的鐵人Q。其中一個就像機器人一樣，一動也不動；另外一個則是能夠自由說話與活動的真人。」

小林少年站在中村警官身旁，邊看著鐵人Q邊說道。

「嗯！一開始我就很懷疑。鐵造的人怎麼可能自由活動，甚至還會說話。這個鐵人Q可能只是個道具，有個真正的人戴上鐵面具假扮成鐵人Q。最初從老爺爺的家中逃走時，應該就是這種情況。有一個假扮成機器人的人。」

中村警官的想法和小林少年相同。

警官繼續說道：

「剛剛看到這個傢伙爬上屋頂，事實上是身穿黑衣，用黑布蒙面的人扛著鐵人的身體在屋頂上奔跑。我的部下應該已經把那個傢伙抓過來了。」

警官說著，回頭看著玄關入口。正巧門打開了。一名警察抓著穿著黑衣的男子走了過來。

中村警官朝部下走去，說了一、兩句話之後，突然掀起男子的蒙面

布。

黑布下出現一位三十來歲、長相難看的男子。

的確是老爺爺的手下。

這名男子帶著鐵人Q往屋頂奔逃，同時，也打算自己趁機逃走。

「咦！另外一位和鐵人Q一模一樣的男子到哪裡去了？你知道吧！」

中村警官大聲問道。

「我不知道！有這樣的人嗎？」

男子佯裝不知的回答。

原本待在洋房中那位可疑的老爺爺，以及裝扮成鐵人Q的男子到底躲到哪裡去了？眾人仔細的搜查洋房，但都沒有發現兩人的蹤影。

這時候，小林突然感覺有人從身後拉扯他的衣服，回頭一看，原來是口袋小鬼。

小鬼好像發現了什麼重要的秘密，站在一旁對小林眨眨眼。

## 汽艇

口袋小鬼附在小林少年的耳邊說了一些話。

「鐵人Q和老爺爺一定是從祕密通道跑到河邊去了。這個洋房通往河邊。只要事先備妥船隻，就可以搭船逃走。」

「啊！說的也是。謝謝你告訴我這個消息。我立刻告訴中村警官，請他派人搜查。」

小林少年說著，趕緊跑到中村警官的身旁，把口袋小鬼的話重複了一次。

「好，趕緊搜查洋房後面的河邊，同時請水上警察隊派遣汽艇（在港口負責和大船連絡的小型船隻）搜查。」

中村警官吩咐站在身旁的警察。三名警察趕緊繞到後面的河邊，一

名警察立刻跑向停在一旁的巡邏車，拿起無線電連絡警政署，通知水上警察隊派遣汽艇進行支援活動。

「走，我們到河邊去等汽艇過來吧！」

中村警官、小林少年和口袋小鬼走出住宅，趕往洋房旁的河川卸貨場。

「之前鐵人Q就是從這裡走入河中。」

沿著石階走下漆黑的河邊時，口袋小鬼說明道。

突然，聽到「嗶、嗶、嗶、嗶……」的聲音。

洋房後方傳來尖銳的哨音。警察們吹起了哨子。

——原來……。

仔細一看，漆黑的河邊有一艘汽艇劃過水面，朝遠方急駛而去。汽艇上不見任何燈光，看來一定是溜走的鐵人Q所搭乘的汽艇。

水警隊的汽艇到底還要多久才會到達？不知名的汽艇已經以高速疾

駛而去，如果不趕緊追趕，恐怕就會失去汽艇的蹤影了。

中村警官和小林少年走下石階，站在河邊看著河面的情況。

「啊！你看，那個亮著燈的汽艇，應該就是水警隊的汽艇。喂，我們在這裡！」

中村警官大聲召喚。

留守在巡邏車上的警察，趕緊將探照燈掉轉過來，朝中村警官等人照射。汽艇上的人也察覺眾人的所在位置，立刻趕往卸貨場。

的確是水警隊的汽艇。

中村警官、小林少年和口袋小鬼立刻登上汽艇。汽艇上有六名水上警察署的警員。

「鐵人Q和老爺爺一定是搭乘汽艇逃走了。他們的汽艇已經行進了二百公尺。趕緊打開探照燈追趕。」

聽到中村警官的吩咐，警察趕緊按下探照燈開關。頓時白色的光柱

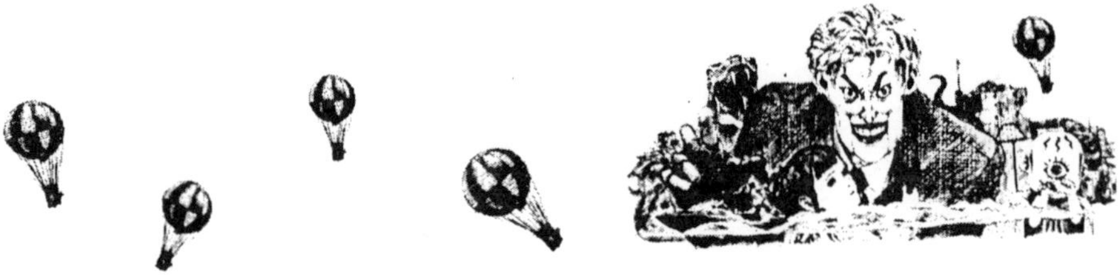

劃破黑暗，照亮整個河面。

「啊！看起來好小啊！那就是鐵人Q所搭乘的汽艇了。快，趕緊全速追趕。」

即使鐵人的汽艇再快，也敵不過水警隊的汽艇。兩艘汽艇逐漸接近。

這時，水警隊的汽艇上備有望遠鏡，中村警官拿起望遠鏡，觀察河面的情況。

「啊！鐵人Q站在船上。的確是那張可惡的鐵臉。不能再加速嗎？快一點，動作快！」

警官大聲吩咐。

這時，水警隊的汽艇逐漸接近鐵人的汽艇。原來是鐵人搭乘的汽艇減慢速度。

不必用望遠鏡就可以看到鐵人Q了。透過探照燈的燈光，可以看到鐵人Q站在船上，右手攤開在面前，正在晃動手指。

「來呀！來抓我啊！」

鐵人似乎在嘲笑警官等人。

「畜生！咱們走著瞧！」

中村警官懊惱的大叫，同時用力揮手，好像想要嚇走鐵人Q。

「哇哈哈哈哈哈……」

河面隱約傳來鐵人的笑聲。接著鐵人的汽艇全速前進，距離又拉遠了。汽艇突然逃到探照燈光外。

兩艘汽艇再度開始競賽。

接下來發生奇怪的事情。原先距離很遠的汽艇突然靠了過來。

「咦！引擎似乎停止了，汽艇正隨波逐流。難道是機械故障？」

中村警官覺得很不可思議的自言自語。

靠近一看，鐵人Q站在汽艇上，而老爺爺則趴在他的身旁，兩人對於引擎停止似乎並不覺得恐慌，態度非常的鎮定。

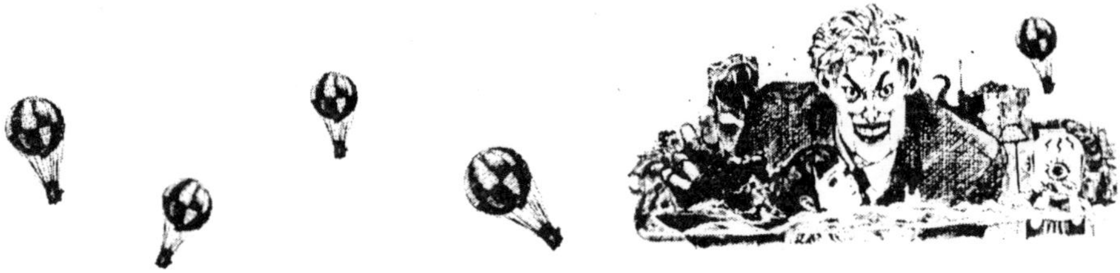

水警隊的大汽艇立刻接近鐵人Q的小汽艇。兩艘汽艇碰撞在一起，兩名警察拿著手槍跳上小汽艇。

奇怪的是，小汽艇上的兩個人既不回頭，也不打算逃走，竟然待在原地不動。這到底是怎麼回事？

警察立刻抓住鐵人Q和老爺爺，沒想到他們的身體竟然輕飄飄的。

「啊！到底是怎麼回事？這只是衣服嘛！」

這次輪到中村警官大聲說話了。

「只是在船上插了一根棒子，將衣服和假面具掛在上方而已。船上並沒有任何人。」

警察大聲的報告。

「難道那兩人已經跳入水中逃走了？」

中村警官失望的說道。剛才鐵人Q和老爺爺在逃離探照燈光的範圍時，可能立刻脫下衣服，使用金蟬脫殼計跳入水中逃走。

水警隊沿著河面搜查了一整晚，但都沒有發現兩人的蹤影。

鐵人Q和老爺爺到底跑到哪裡去了？接下來又會計畫做什麼壞事呢？

## 四分五裂的鐵人

接下來的一個月內，並沒有發生任何事情。

曾經在可疑的老爺爺家中發現鐵人Q的北見菊雄少年，有一天，和小學六年級的朋友中井明君一起走在銀座的街上。

中井是少年偵探團團員，他的胸前別了一枚代表團員身分的BD徽章。北見拜託中井介紹他進入少年偵探團，不過小林團長還沒有答應，因此北見無法配戴徽章。

接近黃昏時，銀座大街上男男女女，全都穿著漂亮的衣服散步、逛

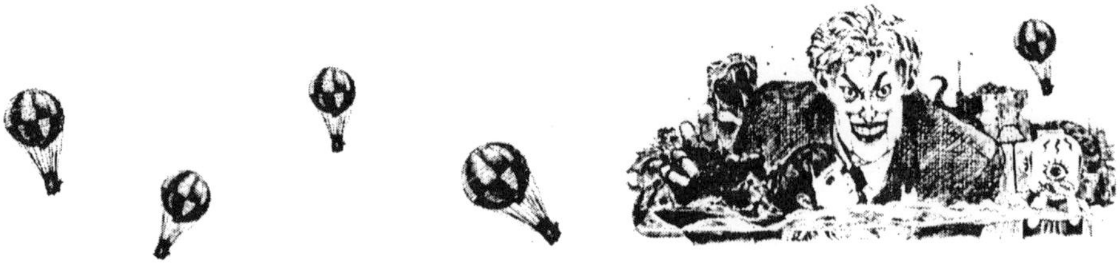

街。所有商店的櫥窗裡，都陳列著美麗的商品。

中井和北見兩人從四丁目逛到五丁目、六丁目。

突然，發現街角站著一個奇怪的人體廣告。正在散發廣告傳單。

北見看到之後，「啊」的叫了一聲，停下腳步呆立在原地。

「喂！怎麼回事？你的臉色怎麼這麼蒼白？是不是肚子痛？」

中井緊張的問道。

「啊！你跟我來……」

北見小聲的說著，把中井拉到櫥窗後面。

「你看那個人體廣告。就是揹著大廣告板站在那裡發傳單的人。它是鐵人。我記得他那張蒼白的臉！那張臉是用鐵打造的。」

中井隔著櫥窗玻璃，看著街角的人體廣告。

真的很奇怪。臉上塗抹白粉，嘴唇鮮紅，臉上毫無表情，好像戴了面具似的。

「如果它是鐵人Q，那麼大家怎麼可能視而不見呢？剛剛不是一名警察才通過他的面前，但是，警察並沒有逮捕他啊！」

中井懷疑的問道。

「因為大家都沒有見過鐵人Q！所以根本不會想到在這裡發廣告傳單的活人廣告竟然就是大怪物鐵人Q。」

「哦！這麼說來那個傢伙真的是鐵人Q囉？」

「嗯！錯不了。該怎麼辦才好？要不要通知警察？」

「也好。不過，我覺得應該先監視一會兒，看看他到底會回到哪裡去。先跟蹤他好了。」

中井是少年偵探團團員，很擅長跟蹤。

兩名少年躲在櫥窗後，偷偷的監視在街角來回走動的人體廣告。時間就這樣過了三十分鐘。

夕陽已經西沉。

人體廣告將還沒有發完的廣告紙夾在腋下，不知道要走到哪裡去。兩名少年看到他離去，互相使個眼色，準備開始跟蹤。

人體廣告往前走了一會兒，走下通往地下鐵的樓梯。兩名少年跟在他的身後。

走到地下鐵的月台時，正好有一部通往渋谷的電車停在那裡。人體廣告上了電車，兩名少年也悄悄的跟上了車。

電車上非常擁擠，沒有座位。人體廣告抓緊電車中間的棒子站著。電車上的人雖然看到這個臉色蒼白的男子，但是，因為他的背上揹著廣告板，一看就知道他是人體廣告，所以，並沒有人察覺他就是著名的怪物鐵人Q。

電車到達渋谷之後，怪人和許多乘客一起下了車，走出車站，沿著熱鬧的大街往北走去。不久之後，走入了寂靜的住宅區。

時間是黃昏時刻，四周稍微昏暗。巷子兩旁是樹籬和水泥牆，沒有人通行。在沒有人的巷子裡跟蹤，立刻就會被對方發現。不過，四周已經微暗，於是兩名少年勉強跟蹤怪物。

走了一會兒，看到一棟古老磚牆圍繞的建築。

假扮成人體廣告的鐵人Q來到鐵門前，迅速的鑽進門內。兩名少年躲在石柱後方，看著鐵人Q的背影。

一棟兩層樓磚造洋房聳立在前方。Q走近玄關，打開門進入裡面。

「該怎麼辦？」

北見少年看著中井，輕聲的問道。

「我們也進去調查這個住家的情形。」

中井說著先行走進門內，北見則跟在身後。

兩人在玄關外豎耳傾聽，不過，並沒有聽到任何聲響。就好像是空屋似的，內部寂靜無聲。

「我們繞到旁邊去找找窗戶。」

中井說完，兩人躡手躡腳的繞到洋房側面。

幾乎所有的窗戶都是一片漆黑。只看到一樓有一扇窗戶透出微弱的亮光。

中井少年對北見招招手，兩人一起朝那扇窗戶走去。

但是，窗戶很高，就算拉長脖子，也無法看到裡面的情況。中井朝四處張望，終於發現一個大木箱。他將木箱搬到窗邊，站在木箱上觀察窗內的情況。

那是一扇舊式窗戶，開窗時必須先把玻璃窗往上推起。現在窗戶緊閉，同時窗簾也放了下來。不過還有一些縫隙，可以看到房裡的一切。

中井和北見一起站在木箱上，兩人偷偷的觀察窗內的情景。

房間裡一片漆黑。其中一面牆壁好像被黑色窗簾遮住。就在一片漆黑之中，看到鐵人Q站在那裡。

兩名少年宛如將整張臉貼在玻璃窗上似的，從窗簾縫隙看著鐵人Q。

他們發現非常奇怪的事情。

鐵人Q舉起雙手，抓起自己的頭往上抬，連同脖子整個拔了下來。

他真的是機器人。用鐵打造的機器人，即使拉斷脖子也不要緊。

Q將拔下來的頭擺在旁邊的桌上。接著雙手不停的轉動，然後突然往上甩了出去。

雙手離開軀幹，拋向天花板之後竟然消失不見了。

只剩下身體和雙腿的Q，站在原地。一個沒有頭、沒有手的人，看起來真的很可怕。

鐵人Q開始在房裡來回走動。不久之後，身體留在原地，只剩下兩條腿繼續往前走，並且不停的在房裡踱步。

兩名少年「啊」的驚叫一聲，瞪大眼睛看著這一切。

鐵人的雙腿突然消失了蹤影了。原本軀幹飄浮在空中，現在也突然消失不見了。

這時，擺在桌上的Q的頭部，開始咧開鮮紅大嘴笑著。

## 妖怪屋

看到這一幕，兩名少年嚇得拼命倒退。差一點就從木箱上跌落地面。幸好及時站穩腳步。突然，一片漆黑的庭園裡傳來咯、咯、咯的可怕笑聲。

少年嚇得回頭一看，黑暗中竟然有一個小妖怪站在那裡。藉著從窗戶透出來的微弱光線，可以看到那個小妖怪。

原來是一個獨眼少女。蒼白的大臉上，額頭正中央只有一隻眼睛。獨眼妖怪正咧開鮮紅的嘴唇，發出咯、咯、咯的笑聲。

這個妖怪穿著紅色的短洋裝，裙襬下方什麼也沒有，看起來似乎沒有腳。穿著洋裝的獨眼妖怪在空中飄浮。

兩名少年發出「哇」的驚叫聲。正要逃走時，妖怪說道：

「不用逃！我有話要告訴你們。」

那是可愛少女的聲音。聽起來並不像是妖怪的聲音。

兩名少年停下腳步，回頭一看，發現妖怪的裙襬下面有一雙漆黑的腳。原來她穿著黑色的襪子，因此，在一片漆黑中看不到腳。

「不要害怕。我不是妖怪，我叫三千代。」

少女用爽朗的聲音說道。接著舉起雙手，脫下戴在頭上的紙糊面具。面具下，出現兩隻眼睛的清秀少女臉龐。

「妳不是獨眼小鬼呀？」

中井鬆了一口氣，安心的問道。

「不，我只是假扮成妖怪而已。」

「妳是這家的孩子嗎？」

「不是，我是被機器人抓來的。」

「咦！抓來的。機器人？妳是說鐵人Q嗎？」

「我不知道它叫什麼名字。是一個用鐵打造的機器人。」

啊！鐵人Q怎麼又綁架少女了。他先前曾經抓過可愛的小女孩村田綠，把她藏在上野公園的五層塔中。

這次，可能又用同樣的手法綁架少女。

「那妳為什麼不趕快逃走呢？」

中井詢問，少女則咯咯笑了起來。

「我逃不掉啊！你們也一樣！你們看吧！」

少女說著，指著身後的黑暗處。

順著少女手指的方向看過去，黑暗中彷彿有什麼東西出現了。

那是一張有如方形大盒子般的臉。胸部和腹部全都是四方形的。手和腳則好像長方形的棒子。怪物以機械走路的方式朝這裡走了過來。身高比大人還要高。

# 鐵人Q

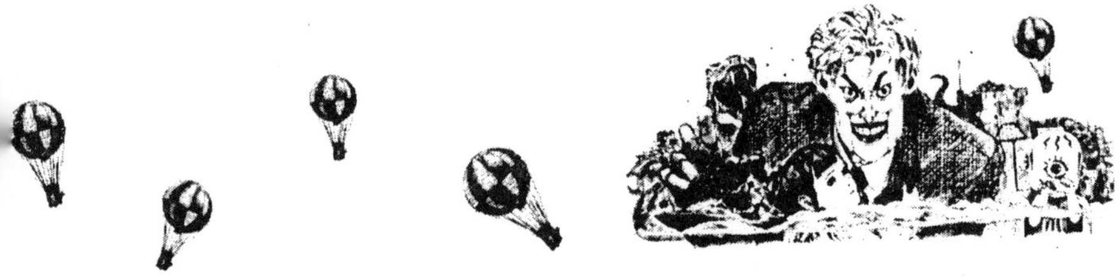

啊！不只一個，二個、三個……黑暗中陸續出現四個可怕的身影。

原來是機器人。四方形臉、方形身體的機器人。

黑暗中突然出現四個大機器人，緊緊的包圍兩名少年。

機器人一活動手腳時，就會吱、吱的齒輪聲。確實是機器人。

「你們看，根本無法逃走！這些傢伙在這裡守衛，逃走的下場會很慘喔！」

少女並不害怕，依然以爽朗的聲音說著。

但是，少年們看到機器人現身，嚇得渾身發抖。

「這是一個很有趣的地方，是妖怪屋喔！我也曾經遇過獨眼小鬼，但是，我一點也不害怕，因為我是個勇敢的女孩。待在這個屋子裡，真的很快樂。從今天開始，你們就必須待在這個屋子裡了，然後就會變成妖怪！」

少女說著奇怪的話。

「變成妖怪！」

中井驚訝的重複少女所說的話。

「是啊！這間屋子裡有許多妖怪。我們也會成為他們的同類喔！」

「妳真的不在乎嗎？我們可不喜歡。不回家是會挨罵的！」

「但是，你們根本回不去呀！我之前也想要回家，不過，逃走會被修理得很慘。因此，我也變成妖怪了。只要變成妖怪，誰都不會對你怎麼樣，而且還會給你很多好吃的東西喔！」

少年們不了解少女所說的話。變成妖怪又能吃好吃的東西？這到底是這麼回事。

就算有很多好吃的東西，少年也不願意待在妖怪屋中。況且這個地方還住著可怕的鐵人Q。

中井少年和北見少年互相使個眼色，準備趁機逃走。

這時，圍繞著少年的四名機器人，持續發出吱、吱的齒輪音，逐漸

接近少年。

同時，四個機器人的眼睛射出紅色的光芒。

機器人方形臉上的大眼睛閃爍紅色光芒，瞪著兩名少年，並且吱、吱……逐漸逼近。

少年怕得用雙手遮住眼睛，當場蹲了下來。

機器人用可怕的力量，把這兩名少年的雙手架了起來，少年當場昏了過去。不知道被帶往哪裡。

等少年醒過來時，發現自己已經待在房間裡。機器人和少女不知道到哪裡去了。眼前只看到可怕的鐵人Q，咧嘴笑著站在那裡。

之前將頭、手、腳全都分開的怪人，現在已經恢復原先的姿態站在那裡。

「哈哈哈哈哈……，你們很驚訝吧！只要乖乖的待在這個屋子裡，就不會遭遇悲慘的下場。我們先約定好，既然待在妖怪屋裡，你們也要成為妖怪才行。換上這個衣服，戴上妖怪頭。」

鐵人Q說道。順著他手指的方向看過去，看到桌上擺著藍色的衣服、褲子以及獨眼頭面具，就和之前那名少女身上的穿戴一模一樣。

兩名少年不得已，準備戴上妖怪頭面具。這時，突然看到房間對面的黑窗簾上有白色的東西飄浮在空中，而且慢慢的朝這裡接近。

「啊！是骷髏頭……」

北見臉色蒼白的叫道。鐵人Q則發出可怕的笑聲，對少年說道：

「哇哈哈哈哈……怎麼樣啊？這就是妖怪屋。你們看看那個骷髏頭想要做什麼。」

骷髏頭在空中飄浮一會兒之後，就不再移動了。突然，脖子下方出現軀幹，還有雙手與雙腳，變成一具完整的骷髏骨。

骷髏一邊跳一邊朝少年這裡跑了過來。然後突然用雙手拿掉軀幹，拋向了天花板。

腳與軀幹陸續消失，剩下一顆骷髏頭落到桌子上。

「哇哈哈……，你們知道魔術的謎底嗎？」

鐵人Q笑著詢問少年。

「啊！我知道，就是黑魔術吧！」

中井少年叫道。

「也許吧！你說說看，魔術是如何變出來的。」

鐵人Q好像老師似的詢問中井。

「房間的燈光全都朝這邊照射，黑窗簾那邊沒有光線。這就是魔術的謎底。只要穿著黑色衣物站在黑窗簾前，則從這邊看過去什麼也看不到。有人穿著黑色緊身衣褲，臉部用白色顏料畫出骷髏圖案，站在一片漆黑中，而我們只看到一團白色的東西，看不清楚其他部位，因此，會誤以為那是骷髏頭。

骷髏的手腳與軀幹之所以出現又消失，頭顱之所以落到桌面上，是因為另外準備了骷髏頭和手腳，事先用黑布覆蓋藏在角落裡。由身穿黑色緊身衣褲、頭戴黑布巾的人處理這些道具。只要拿掉黑布，就會露出骷髏的頭和手，蓋上黑布時這些東西就會消失。剛才鐵人Q將頭擺在桌上也是同樣的道理。那只是人偶的頭。」

中井少年一語道破魔術的祕密。

「真是厲害！沒錯，的確是如此。妖怪屋裡除了黑魔術之外，還有各種祕密機關喔！今天到此為止，現在就帶你們到房間去。」

鐵人Q語氣平靜的說道。

## BD徽章

「叔叔，你自稱是鐵人Q，你到底是誰？為什麼要抓我們？」

中井毫無畏懼的勇敢詢問。

鐵人Q那張面無表情的鐵臉，露出邪惡的笑容說道：

「哇哈哈哈……我誰都不是，我就是機器人鐵人Q啊！抓你們的理由，是因為我想要向你們的父親索取美術品，你們已經成為人質了。哇哈哈哈……。喂！把這兩個人帶到六號房去。」

聽到吩咐之後，站在門邊的一名手下走了過來，抓住兩名少年的手。

「跟我來！」

在走廊上走了一陣子，兩名少年被帶入裡面只有一張舊式鐵床的骯髒房間裡關了起來。

門立即從外面上了鎖。房間內只有一扇窗戶，外面有鐵窗，看來是無法逃走了。兩位少年垂頭喪氣的躺在床上。

床上擺著藍色衣服以及獨眼小鬼面具。鐵人的手下吩咐少年把這些衣物穿戴起來之後就離開了。

兩名少年不發一語的躺在床上。中井少年突然抬起頭來，眼中閃耀著光芒。

「啊！我有好辦法了。」

說著趕緊跑向窗邊，將玻璃窗往上抬起。還好玻璃窗沒有上鎖，可能是因為外面已經安裝鐵窗了吧！

往窗外看去，可以看到高高的水泥牆。牆外應該就是道路吧！

「太棒了！從這裡扔扔看。」

中井說著，從口袋裡掏出筆記本和鉛筆，寫了一些東西之後拿給北見看。

> 我們被關在這張地圖上的洋房裡。這裡是鐵人Q的巢穴。快來救我們吧！

文字旁邊畫出洋房的地圖，同時也畫上明智偵探事務所所在地麴町公寓的路線圖。

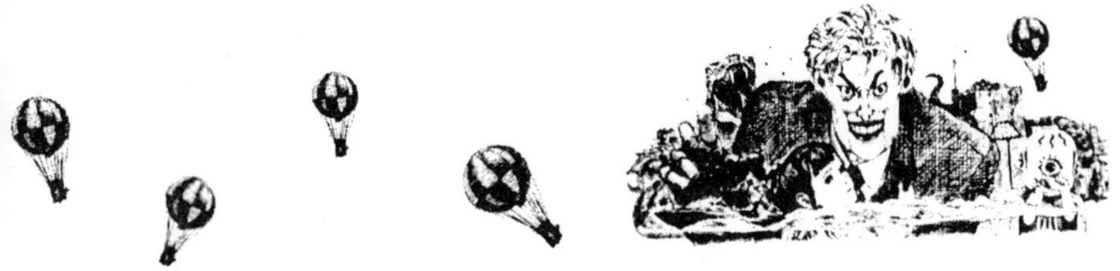

請把這封信送到明智偵探事務所，連同ＢＤ徽章一起交給偵探。日後一定答謝。

最後又寫上這句話。

當北見少年看著便條時，中井從褲子口袋裡掏出了一些東西。他攤開握著東西的手，原來是二十個ＢＤ徽章。

北見不知道這些徽章的用途。ＢＤ徽章是少年偵探團的七大道具之一，利用方法有很多，其中之一就是現在中井想到的方法。到底該如何使用呢？

## 七大道具

少年偵探團團員將ＢＤ徽章別在胸前，作為識別標誌。銅鍍銀的圓形徽章上，刻有少年偵探英文字母開頭的B與D兩個字母。

BD徽章是少年偵探團的七大道具之一。七大道具包括：

1、BD徽章

2、筆型手電筒

3、指南針（指示方向用）

4、哨子

5、有柄的放大鏡（用來觀察指紋等小的東西）

6、小型望遠鏡（用單眼就可以看。可以放入口袋裡，非常輕巧方便）

7、筆記本和鉛筆

此外，還有絲線做成的繩梯。繩梯上每隔三十公分就綁上一顆大珠子，只要用腳趾頭勾住珠子，就可以沿著繩梯爬上爬下。

不過，繩梯是小林團長的道具，其他團員則沒有這項道具。想要使

用的團員可以向小林團長借。
北見少年還不是少年偵探團的團員，因此什麼也不知道。中井說明七大道具的用途後，北見少年覺得很不可思議的問道：
「為什麼BD徽章是七大道具之一呢？到底它有什麼用途？」
中井少年玩弄著手掌上的二十個BD徽章，說道：
「使用方法有很多。萬一被壞人抓住或逐漸接近壞人的巢穴時，可以沿路將徽章丟在路上。少年偵探團員一旦發現徽章，就知道我們遭遇危險，他們會循著徽章找到我們。
此外，被壞人追趕時，也可以將BD徽章當作武器丟擲。而被囚禁在某個地方時，可以利用筆記本寫求救信，然後將徽章包在信裡增加重量扔出圍牆外。我現在正準備這麼做呢！」
「哦！因此你寫了求救信。」
「紙的重量很輕，很難扔出高高的圍牆外。但是，只要包住BD徽章，增加重量，就容易扔出去了。牆外的道路上應該有人通行，一定會有人撿到這個東西。大人知道ＢＤ徽章是少年偵探團團員的標誌之後，因此一定會仗義相助；小孩則因為可以獲得ＢＤ徽章，所以也一定會將求救信送往明智偵探事務所。」

中井說完之後走近打開的窗子，手伸出鐵窗外，將包著求救信的ＢＤ徽章用力的扔出圍牆外。夜晚可能沒有人會發現，但天亮後應該就會被人撿走才對。

兩名少年興奮得並排坐在床上小聲的交談，不過因為太累了，不久之後就睡著了。

## 魔術鑰匙

時間是第二天的下午。麴町明智偵探的事務所裡，因為明智偵探外

出辦事，因此，由少女助手小植和小林少年輪流坐鎮。青少年機動隊的口袋小鬼今天也到事務所來玩。

口袋小鬼曾經建立許多功勞，因此，小林團長很欣賞他。小鬼將小林視為自己的兄長，兩人的關係非常親密。小鬼經常到事務所來玩。

當三人正在客廳聊得起勁時，門口傳來了敲門聲。小林少年站起來開門。一名大約小學五、六年級的少年站在門前。

「我無意中在渋谷撿到這個東西。上面寫著，要我送到明智偵探事務所來。」

少年說著，拿出中井少年所寫的求救信。真的有人發現求救信了。

「好的。非常謝謝你。明智老師不在，我是他的助手小林。由我來處理吧！」

小林接過信紙說道。送信來的少年目不轉睛的看著小林。

「你就是小林團長啊！我好想見你一面。我想要加入少年偵探團。

請讓我加入吧！」

「嗯！我知道了。這件事以後再說吧！現在還不行。請你進來等一下。我先看信上的內容。」

小林說著，立即看著紙上的內容。原來中井和北見兩名少年被關在渋谷區的可疑住宅裡。小林立刻將求救信拿給小植和口袋小鬼看。三人商量之後，決定打電話給警政署的中村警官。

「是中村先生嗎？我是明智偵探事務所的小林。發現鐵人Q的巢穴了。有兩名少年被關在那裡。我們現在就要過去調查。在此之前我們想先到你那裡去一趟。」

「好的。我在這裡等你們。」

口袋小鬼抓著小林少年的手臂說道：

「小林團長，帶我一起去好嗎？」

「好，一起去吧！」

小林對送信過來的少年說道：

「你來為我們帶路。」

※　　※

一個小時後，小林、口袋小鬼與送信的少年來到警政署。見到中村警官後，眾人商量溜入洋房的方法。

中村警官說道：

「等到天黑再行動吧！你們先在這裡用餐，天黑後再出發吧！」

指示三名少年在警局裡等待。

中村警官打開辦公桌的抽屜，從裡面拿出一串鑰匙，遞給小林說道：

「這是萬能鑰匙，可以打開所有的鎖。你帶著這些鑰匙，就可以開鎖救出少年們！」

擅長開鎖的人只需要一根鐵絲就可以開鎖，但是，有萬能鑰匙就更方便了。

「原來是魔術鑰匙！」

小林說著，把鑰匙塞進口袋裡。

※　　　※

眾人終於抵達鐵人Q的巢穴，也就是妖怪洋房。太陽已經下山，四周一片黑暗。

洋房的鐵門緊閉著，一名孩子像猴子一樣的爬上鐵門，咻的跳入裡面，輕輕的移動門閂打開了門。

接著，一名少年從門縫溜了進去。三位穿著西裝的大人也跟著溜入門內。隨後大門再度緊閉。

爬上鐵門溜進裡面開門的是口袋小鬼，接著溜進來的是小林。三名大人則是中村警官的部下刑警。

中村警官率領十名部下前來，剩下的七個人則躲在圍牆附近，準備隨時衝進門內支援。

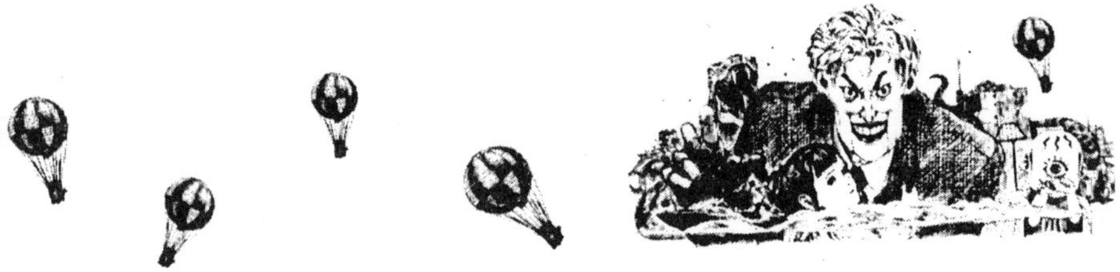

小林和口袋小鬼悄悄的繞到洋房後面，找尋少年躲藏的地方。由於後門並沒有關上，因此，他們能夠充分掌握內部的情況。隨後偷偷的溜進洋房裡。

走廊上沒有燈泡照明，一片漆黑。兩名少年一直往裡面走去。根據撿到BD徽章求救信的少年的說法，大致可以估計囚禁中井、北見兩名少年房間的位置。小林等人在黑暗中摸索著前進。

終於發現信中的房間。

從鑰匙孔窺看內部，發現有人在燈光微暗的房間內。仔細一看，的確是團員中井少年。終於找到囚禁少年的房間了。

小林少年小心翼翼的從口袋掏出魔術鑰匙，盡量避免發出聲響，陸續將幾把鑰匙插入鑰匙孔中，試著打開門。

試第三支鑰匙時，完全吻合，輕輕轉動一下門就打開了。

## 一人與四人

看到小林和口袋小鬼兩人摸黑進來，中井和北見少年嚇了一跳。待看清楚臉孔後，哦！原來是自己人，終於有人來救自己了。被囚禁的兩名少年鬆了一口氣。

小林打算帶兩名少年從後門逃走。後門外有三名刑警埋伏，他們一定可以保護兩名少年的。

小林說明逃走的方法，中井少年高興的正要回答時，卻突然住口不語。他用手指抵住嘴巴，要大家保持安靜，豎耳傾聽。

原來走廊上傳來了叭、叭的腳步聲。

「鐵人Q的手下送飯過來了。現在正好是送晚飯來的時間。」

中井輕聲說道。

糟了！煞費苦心來到匪徒的巢穴，如果被那個傢伙發現，不就前功盡棄了嗎？

「我們要躲到哪裡去呢？」

口袋小鬼輕聲問道。

「沒辦法！這個房間沒有可以躲藏的地方！」

中井回答道。

「好吧！我們就連手幹掉那個傢伙。我們有四個人，對方即使力量強大，畢竟也只是一個人。四比一，我們一定可以獲勝。」

小林說著，趕緊從襯衫裡取出一捲繩梯並且拉開。迅速從口袋拿出刀子，把繩梯切割成三段。

然後又從房間裡拿來兩把椅子，擺在門內的兩邊，將一條繩子綁在椅子腳上。在距離地面十公分處，有一條繩子橫在門前。

小林的動作迅速，完成佈置後，手下也已經來到了門外。

小林拿著剩下的兩條繩子中的一條，另外一條則交給中井，要大家把身上的手帕掏出來交給口袋小鬼。

少年們都很機警，不用說明就知道要這麼做的理由。小林和口袋小鬼迅速的鑽到床下。

手下將鑰匙插入已經打開的鑰匙孔中。

「真奇怪！難道之前我忘了上鎖？」

手下覺得不可思議的喃喃自語。趕緊開門進來。手中捧著擺晚飯的大托盤。

聽到砰的一聲巨響，手下被繩子給絆倒了。托盤往上拋出，飯菜和湯灑了一地。

「行動！」

小林一聲令下，四名少年立刻撲向倒在地上的手下。

手下跌倒時不知道身體撞到了什麼地方，竟然連站起來的力氣都沒

有。少年們迅速的綁住手下的手腳。

口袋小鬼將剛才的四條手帕捲成一團，很快的塞入手下的口中。這時即使想要大聲求救，恐怕也力不從心。

「好！你們兩個趕緊從後門逃走。刑警會幫助你們的。快點！」

小林催促著中井和北見兩名少年離開。逃跑的少年走出房間，沿著走廊朝後門跑去，口袋小鬼也跟在他們的身後。

來到後門，三名刑警正在那裡等待著。

「他們就是中井和北見，請把他們先帶走。我和團長進去找尋鐵人Q。發現鐵人後再來通知你們。請派人在這裡守候，並且轉告其他人提高警覺。」

小林和口袋小鬼將兩名少年交給警察之後，再度進入妖怪屋裡。

他們進入剛才的那個房間，男手下依然被綁著倒在地上。鐵人Q似乎還沒有發現到這件事情。

「喂！小鬼，假扮成妖怪吧！只要戴上這個獨眼小鬼面具，對方就無法認出我們。即使被人發現，對方也會以為我們就是中井和北見。」

小林說著，兩人穿起擺在桌上的藍色衣褲，戴上獨眼面具，變成身材中等與矮小的兩名妖怪。

「走，我們這就去調查整棟屋子。如果發現鐵人Q了，就立刻通知警察。」

兩名少年走出房間。帶上門之後，再用萬能鑰匙從外面鎖上。

少年沿著微暗的走廊，朝內部走去。不久後到達走廊的盡頭。

「真奇怪！這個走廊沒有門，看來只好退回去了。」

兩人正準備退回去而回頭一看時，通往後門的走廊全都變成牆壁，不見任何出口。

「咦！這到底是怎麼回事？怎麼變成牆壁了？」

「哇嘿嘿嘿……，小林團長，因為這是妖怪屋啊！我們可能中了妖怪的魔法了！」

大膽的口袋小鬼，竟然還若無其事的笑著說道。

走廊變成十公尺的細長箱子，兩名少年被關在裡面，無路可逃。

少年應該是啟動了妖怪屋的機關，結果走廊變成像箱子一樣。

小林在細長的箱子裡打轉，努力的找尋出口。啊！找到了！在盡頭的木板牆角落裡，有一個看起來好像是按鈕的突出部分。

小林試著用手指按下去，結果，部分牆壁就像門一樣，靜悄悄的打開了。

裡面好像一個狹窄的隧道，只見一片漆黑。

「要不要進去看看？」

「嗯！反正也沒有其他出口，只好進去啦！」

兩名少年戰戰兢兢的走入黑暗中。

沿著隧道前進大約五公尺，盡頭有一扇門，兩人打開門走了進去。

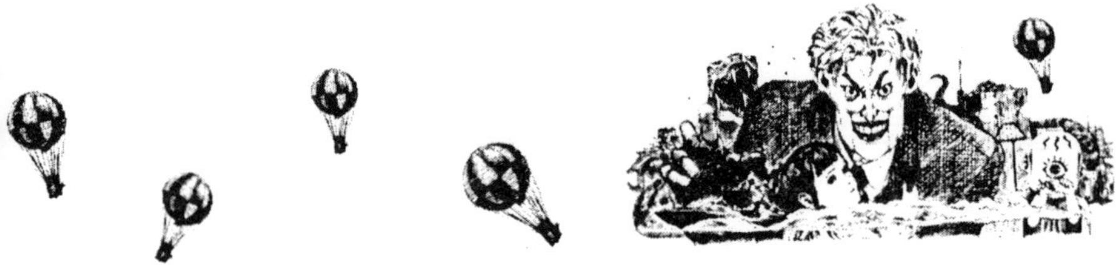

四周突然啪的亮了起來。燈光非常刺眼，連眼睛都看不清楚了。

「啊！糟了，快退回去！」

當小林大叫而準備後退時，門卻關了起來。無論怎麼推拉，門一動也不動。

## 群妖亂竄

兩名少年被關在一間沒有盡頭的房間裡，廣大的房間內閃耀銀色的光芒。裡面有數以百計，甚至上千個獨眼小鬼到處亂竄。

小林和口袋小鬼看得眼花撩亂，不禁蹲下來並且閉上眼睛。

這裡的確是妖怪屋。妖怪屋裡甚至有比整棟住宅更寬大的房間，裡面有數不清的獨眼小鬼。

不可能有這種事情。這一定是魔術師的妖術，必須找出其破綻。

兩人閉上眼睛一會兒，悄悄的睜開眼睛，看看四周。

「啊！糟了，還是一樣。」

好幾千名獨眼小鬼看著這一邊。

奇怪的是，所有獨眼小鬼都蹲了下來。

小林鼓起勇氣，拉著口袋小鬼的手一起站了起來。幾千名獨眼小鬼也全都站了起來，而且一直瞪著這邊，不過並沒有朝這裡前進。

小林和口袋小鬼往前走一步，幾千名獨眼小鬼也跟著前進了一步。

仔細一看，身後的許多傢伙反而後退了一步。然後全都靜止不動。

好像有好幾千個妖怪一起進行團體遊戲似的，大家一起行動。

口袋小鬼拉著小林的手，輕聲說道：

「你看後面！」

小林回頭一看，身後的幾千名獨眼小鬼全都聚集在一起。

兩人剛才從門外走進這個房間，距離門不到一公尺遠。在這個沒有

盡頭的廣大房間裡，妖怪好像從門邊一直聚集到遙遠的另一端。
看到這可怕的景象，大膽的小林少年也微微發抖。
這時，口袋小鬼抓住小林，示意他看自己的腳。
小林朝地面一看。
突然感覺身體好像飄浮在空中，宛如在高處飄盪似的，有一種難以言喻的奇妙感覺。心臟似乎快要跳出來了。
原來腳下並不是地板。在無盡的深層中，好幾千名獨眼小鬼聚集在那裡，有些甚至是倒立的。
少年看得頭都暈了。抬頭看看天花板，上面的情況又如何呢？
啊！正如少年所預料的，天花板一直延伸到無盡的空中，幾千名獨眼小鬼全部朝下。有些倒立、有些筆直站立，一直聚集到遙遠的上方。
小林和口袋小鬼再度蹲了下來。
他們覺得呼吸困難，用手摸摸臉，發現自己戴著假面具。

「啊！對了，我們剛才戴上獨眼小鬼面具，裝扮成妖怪，我倒忘了這一點。」

小林說著脫下面具，口袋小鬼也拿掉假面具。

突然，原本聚集在無限遙遠盡頭的獨眼小鬼，全都變成了人類的臉孔。

大家都是相同的臉。

好幾千個不同高矮的人聚集在一起，而且眼睛一直瞪著這裡看。

那些臉看起來似曾相識。無論大的或小的，都是熟悉的臉孔。

「啊！原來是這樣！」

小林放心的笑了起來。

「啊哈哈哈……原來是這樣！啊哈哈哈……」

口袋小鬼也發現相同的祕密而笑了起來。

「啊哈哈哈哈……」

小林少年開懷的大笑。

少年已經發現妖怪的真相，也知道魔術的祕密了。

接著，圍繞在兩人身邊的幾千名少年，也同樣開始咧開大嘴「啊哈哈哈哈……」的笑著。

放眼望去，直到遙遠的盡頭為止，同樣的顏色，同樣的口，所有的人都開口大笑。

「原來是鏡子屋。」

小林說著往前走了一步，伸手觸摸光滑的大鏡子。

「在房間的四面八方都安裝了大鏡子。看起來好像很寬廣，事實上只有三公尺見方。四面都貼上鏡子，我們的身影從鏡子反射到鏡子，看起來變成很多人。所以，我們戴著獨眼小鬼面具，因此，大家都變成和我們一樣的臉。你知道了嗎？」

「啊！原來是鏡子……」

口袋小鬼說著戴上獨眼面具，立刻又脫下面具。所有的影子全都依照他的方式展現行動，看起來彷彿有好幾千人，事實上，只有一個由口袋小鬼扮成的獨眼小鬼而已。

知道原因就不再害怕了。兩名少年商量該如何離開這間鏡屋。

突然間聽到可怕的聲音。

「哇哈哈哈……，怎麼樣，妖怪屋很有趣吧？」

一張可怕的臉出現了。原來是鐵人Q。一張好像蠟人般的怪臉。

怪臉充滿整個房間，好幾百張蠟人臉飄浮在空中大笑著。

「喂！你們救走兩名少年，然後假扮成獨眼小鬼調查這間屋子。我全都知道了。你們是小林和口袋小鬼。哇哈哈哈……這樣正好，我更喜歡你們兩個人。你們仔細瞧瞧，這間妖怪屋到底會發生什麼可怕的事情。哇哈哈哈……小心一點喔！」

說完之後，飄浮在空中的幾百個鐵人Q的臉，立刻消失不見。

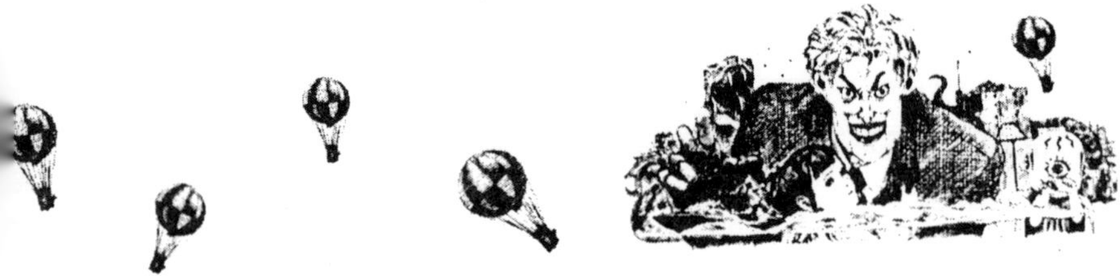

原來是鏡子上方有一個好像圓形門的地方。鐵人Q打開圓形門探出頭來，他的臉反射在四面的鏡子上，因此，看起來變成很多張的臉孔。即使知道原因，少年還是非常害怕。因為鐵人Q說要讓他們看可怕的東西。

這時，少年腳下的支撐物突然消失！兩名少年「啊」的大叫一聲，以驚人的速度往下掉落。

## 地底的森林

咻──少年掉入四周一片漆黑的地底。

啊！知道了。一是鐵人Q不知道按下哪裡的開關，使得地板突然打開，讓少年們往下掉落。

鏡屋在一樓，少年應該掉到地下室才對。但也許是像井一樣的深洞中。

小林和口袋小鬼一直往下掉落時，心想這次必死無疑了。

咚……。少年的臀部著地，跌坐在柔軟的東西上，還好沒有受傷。

少年在原地靜止不動，等到眼睛習慣黑暗之後，開始看看四周。太不可思議了，真是太不可思議了，他們竟然置身於樹木叢生的森林中。原來是掉在柔軟的草皮上。

「真奇怪，地底中怎麼會有森林？」

少年彷彿置身於夢境一般，難道這也是妖怪屋的機關之一？周圍粗大的樹幹林立，根本看不到盡頭。頭上有茂密的樹葉，抬頭望去，根本不知道之前的鏡屋在哪裡？

「咦……？」

口袋小鬼好像突然發現了什麼似的，驚訝的叫著。

「你看，那個樹幹間隱隱約約有東西耶！啊！是穿著紅色衣服的獨

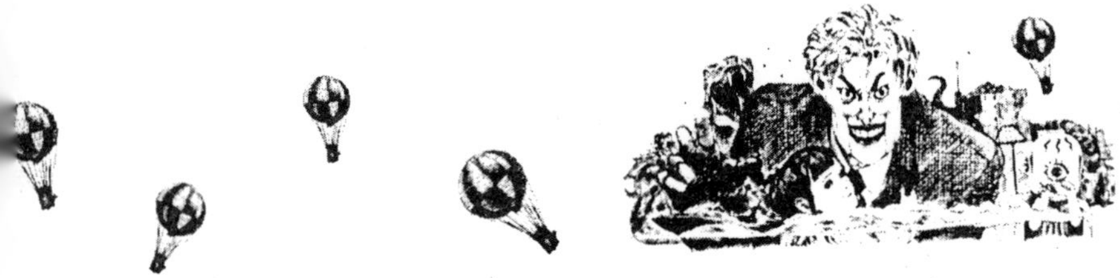

眼小鬼……。」

口袋小鬼輕聲說著。小林也看著那一邊。

「咦！難道是被抓到這裡來的女孩？之前中井曾經提及這件事。」

「啊！對了，小林團長，我有好辦法了。」

聰明的口袋小鬼想到法子了，眼中閃耀光芒的附在小林的耳邊說著悄悄話。

「好！試試看吧。但是，可不要嚇到女孩喔！」

小林表示贊成。

口袋小鬼維持原先獨眼小鬼的裝扮，迅速從一根樹幹溜到另一根樹幹後，慢慢的接近另一個獨眼小鬼。

接下來不知道發生了什麼事情。不久之後，獨眼小鬼回到小林的身邊。他什麼話也沒說，默默的站在小林的身旁。小林也沒有問他話，兩人就一直默默的站在那裡。

對面突然傳來奇妙的沙沙沙聲音。好像是風吹動林木的聲音。直徑一公尺粗的木頭突然倒在草叢中，而且木頭還在動呢！

那是一根藍黑色的大木頭，正撥開草叢朝這裡接近。

木頭怎麼可能自己會移動呢？這到底是怎麼回事？

仔細一看，木頭上有兩顆大眼睛。有如汽車車頭燈般的巨眼，不過並不是照射出白色的燈光，而是像磷火般的綠色光芒。

原來是一條大錦蛇。比動物園中的錦蛇更大。

「呀！」

口袋小鬼大聲尖叫，緊緊抓著小林，身體不停的發抖。

小鬼的叫聲比平常更為高亢，渾身發抖，這根本不像平常大膽的口袋小鬼。他好像完全變了一個人似的。

但是，小林並沒有覺得小鬼不對勁，好像對他說「不要緊」似的，默默的安慰假扮成獨眼小鬼的口袋小鬼。

可怕的大錦蛇不斷的接近，小林等人嚇得拼命後退。

大錦蛇抬起鐮刀形的脖子，眼中射出綠色光芒瞪著兩人，張開鮮紅大口直撲而來。

啊！好大的一張嘴，似乎一口就可以把兩名少年吞入腹中。鋸齒狀的尖牙井然有序的排列在大嘴中，另外還有兩根好像象牙般的大牙。

如同火焰般的紅黑色舌頭，快速的伸了出來，舔到小林的臉頰。大錦蛇的舌頭非常冰涼，令人毛骨悚然。

「哇嘿嘿嘿嘿嘿……」

大蛇的口中傳來可怕的笑聲。錦蛇竟然會笑！

大蛇張開鮮紅大嘴，伸向小林的面前，可能會把小林一口給吞了下去。小林臉色蒼白的看著大蛇的嘴巴深處。

突然，蛇的喉嚨深處出現了奇妙的東西。那是一種難以言喻的奇怪東西。

一個又大又白又圓的東西，竟然有眼睛、鼻子和嘴巴，和人類的臉非常類似。

剛才發出笑聲的不是蛇，難道是躲在蛇的喉嚨深處，那個奇怪傢伙的笑聲。

「嗚嘿嘿嘿嘿……」

的確如此。躲在蛇的喉嚨深處的傢伙，再度發出笑聲。那個傢伙紅色的嘴唇看起來就像在笑。

這到底是怎麼回事？那個正在笑的傢伙，難道被大蛇吞到肚子裡去了？如果真是這樣，他怎麼可能還笑得出來呢？

小林等人呆在當場不敢移動。大蛇喉嚨深處的怪物再度發出「嗚嘿嘿嘿嘿……」的笑聲，並朝這邊接近。

這種難以言喻的恐懼，令小林終生難忘。

那個怪物就是鐵人Q。原來大蛇是假的，是利用機械活動的。鐵人

Q躲在大蛇的喉嚨深處，故意嚇唬少年們。

鐵人從大蛇的嘴巴走了出來，立刻站起來說道：

「嗚嘿嘿嘿嘿……怎麼樣！你們嚇壞了吧！這就是我建造的魔法森林！還有其他許多可怕的事情喔！小林、口袋小鬼，我痛恨你們，我要讓你們的內心受到折磨的。喂！小林，你已經嚇得全身發抖了吧！」

鐵人Q得意的嘲笑少年。

但是，小林並不服輸。

「我會發抖嗎？待在妖怪屋裡真的很愉快。大蛇哪有什麼可怕，全都是你製造出來的假妖怪，我一點都不怕，你才要小心一點呢！」

「喂！別逞強了。這裡是地底森林。認輸吧！你們只有兩個人，而我卻擁有很多的手下。你們是絕對逃不掉的！」

「別得意太早，我和口袋小鬼智慧過人。你要小心一點喔，可別被我們給嚇到了。」

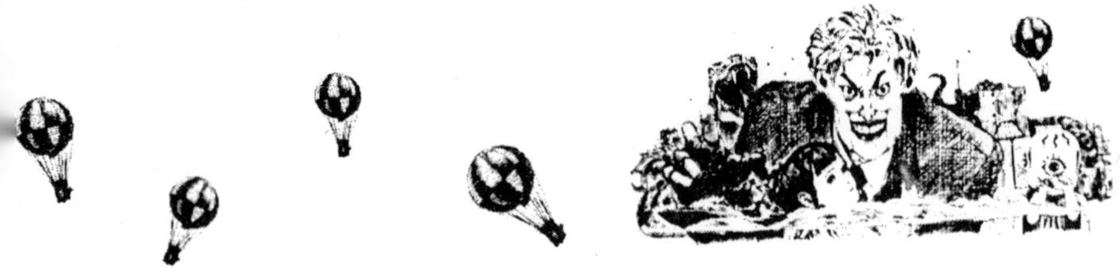

鐵人Q聽到少年這麼說時，沈默了一會兒。或許他正在猜測小林等人有什麼企圖。

這時，鐵人好像發現了什麼似的，說道：

「咦！多話的口袋小鬼竟然變得沈默不語，這是怎麼一回事？真奇怪，而且他看起來比平常更高一些。」

鐵人說著，瞪著帶上獨眼面具的口袋小鬼。

「哇哈哈哈哈……，你終於發現啦！」

小林不由得大笑起來。

「他不是口袋小鬼。你把面具脫下來讓他看一看。」

小林說著，幫忙身邊的孩子脫下獨眼小鬼面具。這時，出現的竟然是一張可愛女孩的臉龐。

「啊！妳是三千代……」

鐵人Q驚叫了一聲。原來這位可愛的女孩，就是那個曾經嚇到中井、北見兩名少年的少女。

「是啊！她和口袋小鬼對調。這位女孩原本穿著紅色衣服。口袋小鬼穿上她的紅色衣服，而藍衣服就讓這位女孩穿。」

「那麼，口袋小鬼到哪裡去了？」

「女孩告訴小鬼出口的位置，因此，他趕緊去通知在外面等待的警察啊！」

聽到少年這麼說，鐵人Q高舉雙手，咬牙切齒的說道：

「可惡，我不會再原諒你們了！現在就讓你們去餵大蛇……」

鐵人用可怕的聲音大叫著。立即手握大蛇的頭部，按下使機械活動的按鈕。

於是原本靜止不動的大蛇，突然張開血盆大口，朝著小林和三千代飛撲而來。

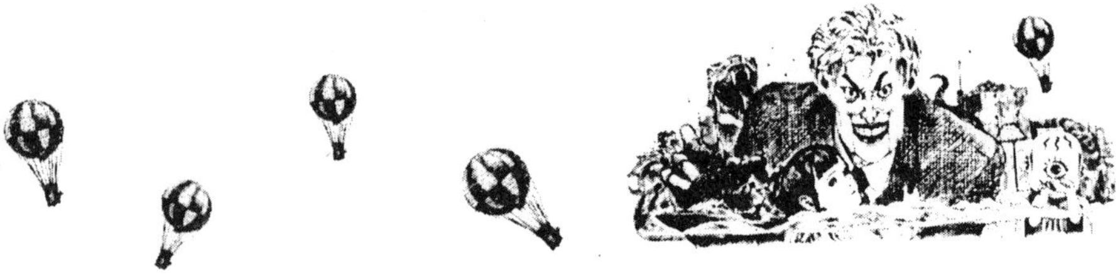

# 奇怪的升降梯

大蛇的血盆大口，直逼兩人而來。

這時，森林的對面突然傳來砰的可怕聲響。原來是手槍的聲音。

鐵人Q、小林以及三千代都嚇了一跳，一起朝槍聲傳來的方向看去。

許多人正穿過林立的樹幹，朝這裡跑了過來。

負責帶路的，正是穿著紅色女孩服裝、腋下夾著獨眼面具的口袋小鬼，跟在他身後的，是穿著制服和西裝的六名警察。他們的手上全都握著槍。剛才就是其中一人對空鳴槍嚇阻鐵人Q。

「鐵人Q，你逃不掉了，我是警政署的中村。」

跑在最前面那名穿著西裝的人大叫著。原來他就是有鬼警官之稱的中村搜查組長。他是明智偵探的好朋友，經常和明智一起追捕壞人。

「哇哈哈哈……，中村警官，你終於來了！但是你抓不到我。我隨時都備有絕招。不信就過來試試看吧！」

鐵人Q笑著說完之後，突然以驚人的速度朝反方向跑去。可能是機器人關係，腳程真的非常快。

警察們及時關掉大蛇的按鈕，救出差一點被大蛇吞下去的小林和三千代。機械製造的大蛇，朝著原先的方向趴在那裏，眾人一起追趕鐵人Q。

鐵人Q的身影在大樹間靈活的穿梭，通過黑絲絨布幕，跑向水泥走廊。這時，一部小升降梯停在那裡。

鐵人Q跳入升降梯裡，立即關上鐵柵欄。警察們追了過去，但是，已經晚了一步，鐵人Q搭乘升降梯緩緩的上升。

圍繞升降梯的是旋轉梯。

「好！就爬旋轉梯上去！地下室上面只有一樓和二樓，一定能夠抓

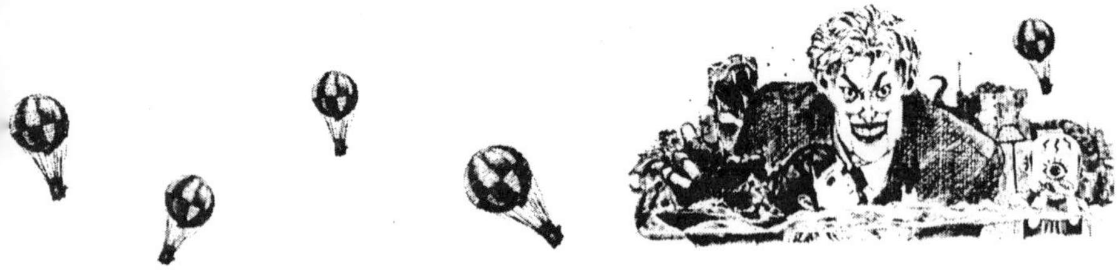

住他。」

中村警官大叫著，先行跑上旋轉梯。警察和小林等人也跟在身後。

包含地下室在內，只有三層樓的建築物，竟然設有升降梯，真的令人訝異。也許是因為地下森林的天花板非常高，因此必須使用升降梯。但也可能還有其他理由存在。這到底是什麼原因呢？待會兒就知道了。

包括中村警官在內的六名警察和小林快速的爬上樓梯。口袋小鬼和三千代兩人留下來，趕緊通知外面的少年偵探團團員。

升降梯緩緩的上升，好像在和爬樓梯的人賽跑似的。

警察們跑到一樓，站在升降梯入口的鐵柵欄前。但是，升降梯又升上二樓，裡面傳來鐵人Q的笑聲。

「哇哈哈哈……，這個賽跑遊戲真有趣。我搭乘升降梯，你們必須辛苦的爬樓梯，看來是我比較快喔！哇哈哈哈……。我在這裡！我在這裡……」

聲音越來越小，最後消失在上方。

「好！還有一層樓，馬上就可以抓住他了！大家趕快往上衝！」

中村警官大叫著，繼續跑向二樓。

警察們各個汗流浹背，喘著氣往樓上爬。終於到達三樓的升降梯入口了。這次，警察的速度比較快。升降梯緩緩的升了上來，鐵柵欄裡露出鐵人Q的半個頭。

「嗯！立刻就可以逮捕到犯人了。看他還能往哪裡逃！各位，不要掉以輕心哦！」

中村警官鼓勵大家。

從升降梯的鐵門，可以看到裡面的鐵人Q。

「哇哈哈哈……，中村先生，怎麼樣，你已經到啦！但是，我可不會停下來喔！因為我還有最後的絕招！哇哈哈哈……」

鐵人Q搭乘的升降梯，竟然就在警察的面前繼續往上升。Q的笑聲

漸去漸遠，最後消失在空中。

「啊！糟糕了！升降梯升到空中去了……」

中村警官立刻撲向鐵柵欄，抬頭看著上方大聲叫道。

抬頭往升降梯的四方形洞穴看去，可以看到空中閃爍的星星。

啊！這到底是怎麼回事？鐵人Q的升降梯竟然可以穿透洋房的屋頂，升到空中去了。

真是不可思議。鐵人Q是個機器人。製造機器人的可惡老人也許是個魔術師。眾人根本猜不透他在想些什麼。

妖怪屋的升降梯竟然可以穿透屋頂飄向空中。因為升降梯的箱子上綁著大型汽球。升降梯的箱子離開屋頂後，藉著汽球的飄浮力，搖搖晃晃的飛向黑夜的星空。

汽球下方綁著好像用輕金屬打造而成的蓋子，蓋子上綁著長鐵絲，一直拉到升降梯的箱子中。

只要勾住鐵絲，就可以拉開金屬蓋，放掉汽球中的氣體。

汽球隨風搖曳，慢慢的朝北方飄去。

距離妖怪屋一公里處下方，是一片廣大的原野。

鐵人Q看到原野之後，開始拉動鐵絲。

接著汽球中的氣體慢慢漏光之後，逐漸縮小體積，等完全失去飄浮力時掉落在原野上。

鐵人Q從口袋裡掏出事先寫好的紙條，扔在升降梯的箱子中。接著從容的走出升降梯，消失在一片黑暗中。

之前鐵人朝空中逃走之後，中村警官立刻通知警政署的直升機出動找尋汽球的行蹤。大約三十分鐘後，直升機終於到達原野。

但是，鐵人Q早已逃之夭夭。

直升機駕駛用小型的探照燈朝原野照射，終於找到漏光氣體、縐巴巴的大汽球在原野中飄動。同時，也看到汽球旁的黑色升降梯箱子。

原來鐵人的升降梯箱子不是鐵製的，而是用更輕的金屬打造而成的。駕駛直升機的警察進入箱子裡檢查，結果在地上看到一張紙。撿起來一看，上面寫著幾個字。

一個月內一定會發生震驚世人的事件。到時小林和口袋小鬼都會大吃一驚。你們等著瞧吧！

鐵人Q

啊！怪人到底還有什麼企圖呢？

## 怪人的絕招

地點是妖怪屋中。當中村警官打電話回警政署，拜託直升機支援之後，三名刑警、小林少年和口袋小鬼，一起四處搜尋妖怪屋。逮捕了鐵人Q的五名手下。其中包括假扮成四方形機器人嚇唬北見、中井兩名少年的手下。

那名負責送食物而被小林等人五花大綁的手下，也被刑警在那房間裏銬上手銬。

妖怪屋裡除了三千代之外，還有另外兩名被囚禁的少女也獲救了。她們同樣穿著紅色衣服，戴上獨眼小鬼面具。

奇怪的是，原本應該在屋裡的怪老人卻不見了。也就是製作鐵人Q的白鬍子怪老人。

如果鐵人Q真的是機器人，那麼，製造出這種為非作歹的機器人的老人一定也不是什麼好東西。

如果鐵人Q不是機器人，而是有人躲在裡面，那麼，怪老人一定就是他們的首領。

Q已經逃走了，一定要抓到怪老人才行。眾人搜遍妖怪屋，遍尋不

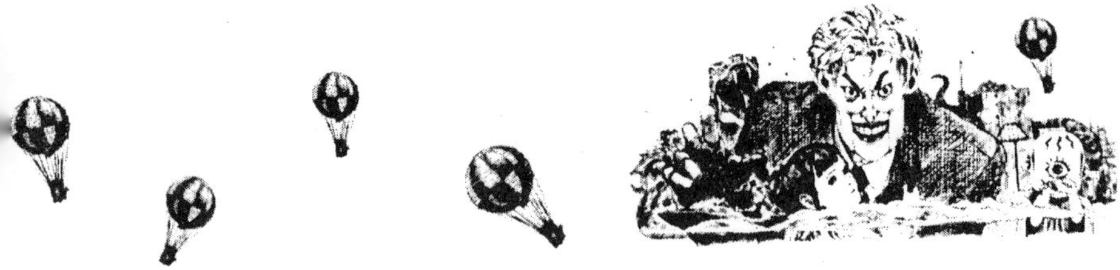

著老人的蹤影。中村警官和小林少年都覺得非常遺憾。

這時，屋外的遠處突然傳來嗶、嗶、嗶、嗶……的哨子聲。

「咦！是哨子聲。但是，和警察所吹的哨子聲有點不同……」

中村警官自言自語的說道，小林少年則笑著回答：

「那是少年偵探團的哨子聲，也是我們的七大道具之一。我們故意使用不同的聲音。之前我救出北見等人時，曾經請警察打電話到明智偵探事務所。來這裡之前，我已經派五名少年團員聚集在事務所內待命。警察和團員們全都在這個住宅周圍監視。先前的哨音是我的團員吹的。一定是在住宅外發現壞人了，我們快點過去瞧瞧！」

中村警官命令三名刑警看守鐵人Q的手下，自己則和小林少年一起跑到屋外，朝著哨音的方向前去。

之前在妖怪屋後門的圍牆外，發生以下的事情。

從事務所趕到妖怪屋的團員，全都是就讀中學一、二年級的強壯少年。

少年們和負責監視的刑警商量之後，守在後門的原野中。

原野上雜草叢生，五名少年躲入草叢中待命。

不久之後，對面的圍牆上出現晃動的黑影。一定是想要逃走的壞蛋。

少年們手牽著手，準備一躍而上。

這時，圍牆上的黑影突然啪的一聲跳入原野中。

少年們看到這個情景，趕緊從草叢中現身，立刻撲向對方。

黑暗中發生可怕的扭打。

「啊！是白鬍子老爺爺！」

一名少年大叫著。

五名少年合力把老人架了起來。一名少年用七大道具之一的筆型手電筒照射老人的臉。

另一名少年從口袋掏出哨子，拼命的吹著。

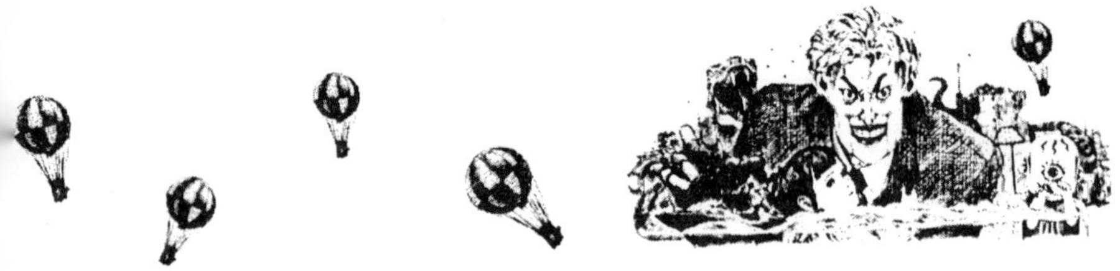

剛才中村警官和小林在屋子裡聽到的哨音，就是這位少年吹的。

中村警官等人隨即趕了過來。怪老人也被銬上了手銬。

「謝謝你們！我們一直找不到這個老人。你們能抓住他，真是太好了。」

小林少年向團員們道謝。中村警官也稱讚少年的英勇，並且說道：

「為了不讓你們的家人擔心，你們趕緊回去吧！我會嘉獎你們今晚的功績。」

五名少年和小林、口袋小鬼等人陸續搭上中村警官叫來的車子，返回自己的家中。

壞人們，一一被帶上囚車載往拘留所。

沒想到中途竟然會發生這種事情。

因為時間是深夜，開車的警察心想路上應該沒什麼汽車，因此安心的載運犯人。沒想到中途突然有一部黑色的汽車從路邊衝了出來。因為速度太快而來不及閃躲，囚車與汽車正面互撞。

警察趕緊用力踩煞車。雖然車子沒有毀損，也沒有人受傷，但是衝撞時囚車的後門打開了，怪老人掉下車並且立刻逃走。

原本刑警們就知道怪老人像魔術師一樣，絕對不能掉以輕心。因此老人被銬上手銬，並且用細繩（用痲做成的堅固耐用的繩子）綁起來，由一名刑警抓著繩子的一端，以防老人中途逃脫。

當怪老人掉下車時，刑警也拉著細繩一起被摔出車外。

但是中村警官的部下非常盡責，即使跌下囚車，也沒有放掉細繩，依然緊緊的抓住繩子，拉住怪老人。

怪老人用力的拉扯，突然跳入一旁的公用電話亭，立刻關上門。

但是，刑警抓著繩子還是不肯放手，馬上撲向電話亭。突然聽到砰的一聲，電話亭中變得一片漆黑。原來是怪老人打破裡面的燈泡。

「快出來！你躲在電話亭裡也沒有用。不要再做無謂的掙扎了！快

出來！」

刑警大叫著。突然門打開了，怪老頭走了出來。

「哈哈哈……，我只是惡作劇罷了，你放心吧，我不會逃走的！」

怪老人說著，乖乖的被帶回囚車。

回到車上時，刑警「啊」的叫了一聲。

返回囚車的人，竟然不是原來的白鬍子老人，而是一名較年輕的男子。臉孔完全不同，而且身材比老人更為壯碩、高大。

這到底是怎麼回事？刑警並沒有放掉繩子。怪老人跑進公用電話亭後，到底發生什麼事？

這名年輕男子，怎麼會躲在電話亭裡？而且又是如何和老人對調的呢？不可能會發生這種事情才對。因為刑警緊緊的握住繩子。老人不可能解開細繩之後綁住這名男子，再讓他被刑警帶走啊！

「你一定是老人喬裝改扮的。你在電話亭裡扯掉鬍子和假髮，變成現在這個模樣。」

刑警大聲逼問。年輕人慌慌張張的說道：

「不，不是的。我是電話亭旁邊文具店的店員。大約三十分鐘前，我走到電話亭旁邊，兩名男子從黑暗中撲了過來，把我銬上手銬，綁成這個樣子之後扔入電話亭裡。當時我的頭部受到重擊而昏了過去。後來一名老人跳了進來，立刻打破燈泡，雖然他的手被手銬銬住，但依然勉強拿起刀子割斷刑警抓著的繩子，再把繩子綁在我身上的繩子上。老人躲在電話亭的角落裡，看著我被帶出去。」

「是真的嗎？那麼，你把繩子的打結處讓我看一看！」

「就在這裡！你看，刑警握住的繩子和綁在我身上的繩子打結啦。」

刑警檢查之後發現果然沒錯，年輕人的右腋下方的確有個打結處。

「你說那個老人還躲在電話亭裡嗎？」

汽車上的另外一名刑警趕緊跳下車，拿著手電筒檢查整個電話亭，

但是，老人已經逃之夭夭了。

刑警回到車上，對年輕人說道：

「既然這樣，你為什麼不早一點說明！在一片漆黑中，什麼都看不清楚，我們當然會以為你就是老人，所以把你抓進來，你為什麼都一直沈默不語呢？」

刑警逼問。年輕人表情茫然的說道：

「我的頭部受到重擊，腦中一片空白。當時根本不知道到底發生了什麼事。」

「你真的是文具店的店員嗎？」

「真的。只要請我的老闆過來辨認，就知道我不是假冒的。」

一名刑警立刻前往電話亭旁邊的文具店，把老闆叫過來辨認這名年輕人。

老闆說明被捕者的確是名叫松井的店員。

「哦！你真是倒楣。趕緊解開松井的繩子，快回去吧！」

刑警解開這名叫做松井身上的繩子，並且鬆開手銬，讓他和老闆一起回去。巡邏車趕緊前往警政署報告事情發生的經過。

文具店老闆和店員松井一起走在黑暗的街道上，兩人的談話非常奇怪。

「哇哈哈哈哈……，這些笨蛋全都上當了。他們不會懷疑文具店就是我的手下開的。」

「太棒了！首領，您的變裝真是高明。之前還是一個老頭子，立刻變成二十幾歲的年輕人。並且還打破燈泡，割斷刑警綁著的繩子，再把它打一個結。利用這些技巧騙過刑警。首領，您真是太厲害了！」

原來這名年輕人真的是怪老頭喬裝改扮的。扯掉假髮、假鬍子與假眉毛，同時抹掉臉上的皺紋，就立刻變成一名年輕人。怪老人在短時間不僅改變了容貌，甚至連服裝都更換，真是太厲害了。

原來文具店老闆知道首領被抓之後趕緊做安排。看到巡邏車通過電話亭前方時，立刻命令同夥駕駛黑色汽車衝撞囚車，以便讓怪老人掉下車來進行其他的計畫。

變成年輕人的怪老人和文具店老闆分手後，沒有人知道他的去向。

## 電影院之怪

過了二十天的某個晚上。就讀小學六年級的淺野行夫，在媽媽的陪伴之下，前往丸內的日東電影院看電影。那是東京最豪華的電影院，正在上映深獲好評的迪士尼卡通電影。廣大的觀眾席上座無虛席。行夫和媽媽並排坐在一樓的指定席上。

電影播放到公主所乘坐的帆船被海盜船攻擊，兩艘船碰撞在一起，海盜船上的海盜全都跳到公主的船上。就在這時，彩色電影畫面突然一轉，出現大鬍子海盜首領的臉部特寫。

海盜首領的臉立刻消失，變成一張從來沒有看過的陌生臉龐。之前的音樂停了下來，整個電影院內一片寂靜。只看到螢幕上那張奇怪的臉正在咧嘴笑著。

「啊！是鐵人Q！鐵人Q的臉。」

四周傳來耳語聲。

銀幕上出現的臉，和報紙上刊載的鐵人Q的素描一模一樣。電影院內一片譁然。有些人甚至從觀眾席上站了起來，準備隨時逃走。

但是，這時候螢幕啪的一聲完全消失，四周一片漆黑。原來是放映師發現異常情況而關掉放映機，但不久之後又恢復為正常的畫面。

公主被抓到海盜船首領的房間裡，倒在長椅上。大鬍子海盜首領站在公主的面前，正說著可怕的話。

接著，畫面又變成剛才那張可怕的鐵人Q的臉。

蒼白、面無表情的臉上，出現佈滿血絲的眼睛以及鮮紅的嘴唇。鐵人正張開大嘴笑著。

「哇哈哈哈哈……」

電影院內響徹鐵人可怕的笑聲。

觀眾紛紛起身，爭先恐後的奪門而出。可怕的笑聲好像在觀眾身後追趕似的不斷傳來。大特寫的臉張開大嘴，彷彿要將所有人都吞入腹中似的。

院內一片混亂，狹窄的通道上擠滿受到驚嚇的觀眾，所有人都想要趕緊離開現場。在慌亂中，有些觀眾被推倒在地，到處傳來孩子的哭泣聲與女孩的尖叫聲，整個電影院內呈現可怕的景象。

行夫和媽媽好不容易從狹窄的通道逃到大廳。大廳中擠滿人群，大家紛紛湧向出口。

行夫突然發現有人從兩側拉著他的手。一邊是媽媽，另外一邊是一名男子。

原以為是爸爸。但是，爸爸並沒有一起前來看電影。是不是某位行夫的熟人呢？

也不是。那是一隻冰冷的手，而且不是人的手。感覺好像是被鐵指抓住一樣。

行夫嚇了一跳，抬頭看著這個人。

啊！真的不出所料，抓著行夫的手的人，就是那個可怕的鐵人Q。

「媽媽……！」

行夫大聲叫道，想要甩開鐵人的手。

「哎呀！」

媽媽也發現到鐵人Q了。正打算從鐵人手中奪回行夫時，鐵人的另一隻手用力推開媽媽。母子倆的手就這樣的被硬拉了開來。

但是，奪門而逃的其他觀眾，並沒有發現到這件事情。

媽媽擠在擁擠的人群中，頓時消失了身影。

鐵人Q將軟帽深戴到眉毛間，又穿著寬大的西裝，同時披著外套，因此，慌張往外逃竄的人群，並沒有察覺到他的存在。行夫想要大聲求救，但是被大鐵手捂住嘴巴，根本發不出聲音來。

行夫被鐵人Q抓到電影院外。門外停著許多部汽車。鐵人Q走到一部大汽車旁，打開車門後把行夫塞了進去，自己也坐上車子。一位面目猙獰的駕駛回過頭來，看著兩人嗤笑了起來。

「事情進行得順利嗎？」

「嗯！這個孩子叫做淺野行夫。可以當成人質，來索取淺野家的寶物。這次沒問題，東西一定能夠到手的。」

車子開動了，不知道要開往何處。

「哇哈哈哈哈……，鐵人Q的大特寫真有效啊！」

怪人高興的大笑著。

「我的臉利用機器變成大特寫，還夾雜著笑聲。把事先準備好的軟片接在迪士尼卡通的軟片中。電影放映師不知道這一點，還以為妖怪真的出現而嚇了一大跳。哇哈哈哈……，以這種方式嚇到這麼多人，真是痛快呀！」

鐵人Q自言自語的說道，不停的發出可怕的笑聲。

## 鐵人的真實身分

鐵人Q坐在行夫的身旁，手搭在少年的肩上抓住他，因此，行夫動彈不得。

駕駛好像是鐵人Q的手下，他帶著黑眼鏡與鴨舌帽，整張臉長滿鬍子，看起來面目猙獰。

「知道去哪裡嗎？」

鐵人Q詢問時，駕駛說道：

「嗯！知道。」

車子繼續往前奔馳。

過了四、五十分鐘，四周越來越荒涼，終於來到一片漆黑的草地，車子停了下來。

這時候，原本一片寂靜的草地突然熱鬧起來。

草地中有好幾十個人躲在那裡。這些人原本蹲在草叢中，看到車子時全都起身奔跑。

「哇—啊……」

大叫著衝向車子。

「手電筒、手電筒。」

聽到這個聲音時，聚集的人群全都打開手電筒。幾十道手電筒的光芒照著鐵人Q的汽車。

仔細一看這些人群，全都是孩子，有些則是穿著童軍服的孩子。

這些童子軍，為什麼會聚集在這個荒涼的草地上呢？

「你們到底是誰？」

鐵人Q打開車窗大叫著。

這時，在這群人中身材最高大的少年走到前面，瞪著鐵人Q說道：

「我們是少年偵探團團員。」

這張臉似曾相識。原來是小林少年，也就是少年偵探團的團長。另外還有許多張曾經見過的臉。小林身後站著矮小的口袋小鬼，還有擅長拳擊的井上一郎，以及膽小的阿呂等，全都是少年偵探團和青少年機動隊的少年，總計三十人。

平常看起來髒兮兮的青少年機動隊，現在也穿上氣派的童軍服。

在『假面恐怖王』（偵探系列第二十二集的故事）事件中，小林少年和口袋小鬼在山上的洞穴裡發現五十個裝著小金幣的箱子。這座山的

主人為了報答他們，捐了五百萬圓（相當於現在的五千萬圓）的獎金給少年偵探團。

錢交給明智先生處理。偵探知道少年們想要無線電話機，因此，總共購買十個無線電話機，達成少年的心願。

擁有無線電話機之後，少年們可以更方便的進行偵探工作。發現可疑的人物時，不必像先前一樣到處找尋公用電話，可以立刻打電話連絡偵探事務所。如果被壞人抓住，則無論被帶往哪裡，也都可以立刻打電話求救。

添購無線電話機之後還剩下許多錢，因此，明智為大家訂做制服。制服看起來和童軍服類似，但仔細一看，仍有許多不同之處。例如，胸前有BD徽章閃耀光芒，而帽子上也有BD的標誌。

鐵人Q不知道這一點，不過他之前見過小林和口袋小鬼，因此，認為眼前站著的的確是少年偵探團。

「喂，快逃！明智那個傢伙不知道躲在哪裡。遇到他可就糟了。暫時不管這些小鬼，快開車。」

鐵人立刻命令駕駛，但是車子卻停在原地不動。

「咦！你沒有聽到我的吩咐嗎？你是怎麼搞的？」

鐵人說著拍拍駕駛的肩膀。駕駛突然回頭看著他。

「啊！是你。」

鐵人Q一陣錯愕，因為駕駛已經變成另外一張臉，不再是剛才那個大鬍子。駕駛拿下黑色眼鏡，變成一位英俊瀟灑的紳士。

「你、你是誰？」

「哈哈哈……，我是明智小五郎，也就是你害怕的名偵探啊！」

駕駛說著摘下鴨舌帽，露出明智偵探特有的蓬鬆頭髮。

「這、這到底是怎麼回事？，你……」

鐵人Q，驚訝的連話都說不清楚了。

「你的駕駛手下現在已經到拘留所去了。我把他交給警察之後，黏上假鬍子並且戴上眼鏡，喬裝改扮成駕駛。」

「是什麼時候替換的？」

「就是你進入電影院時！大概有三十分鐘了吧！」

「可是，你怎麼知道這是我的車呢？」

「哈哈哈……，你一定覺得很奇怪。告訴你吧，之前發生妖怪屋事件時，我到外地辦事。回來後立刻調查事情經過。我發現文具店的老闆很可疑，因此，過去找尋線索。我也知道老人假扮成店員逃走的事情。有關今天電影院發生的事件，因為我的部下跟蹤文具店的老闆，所以事先知道這些事情。我到電影院前面埋伏，看到你下車走進電影院之後，立刻抓住駕駛叫他說出一切。我知道你會前往這個草地，所以事先安排少年偵探團團員來這裡埋伏。」

「別騙人了！我的手下怎麼可能會告訴你實情呢！」

鐵人Q，嘲笑的說道。

「當然可能。當我說出某人的名字時，你的手下嚇了一跳，立刻供出所有的事情。你沒有告訴手下自己真實的名字吧！」

「什麼？名字？」

「你真正的名字啊！」

「我是鐵人Q！」

「大家都知道這個名字。但是，你還有另一個名字。」

「你、你在說什麼？」

鐵人的臉，雖然沒有任何的表情，但是，因為過度驚訝，身體不停的發抖。

「你想聽嗎？」

「你說說看。」

「你就是怪盜二十面相！」

明智偵探用食指指著對方的臉說著。

鐵人Q聽他這麼說，立刻奪門而出。

但是，這時車子已經被少年們團團圍住，所有鋼筆型手電筒的光線都照著怪人。

正當怪人猶豫不決時，走下車來的名偵探抓住他的手臂。

「我還有話沒說完呢！你假扮成製造機器人的神秘老人，這也是騙人的。你就是戴上機器人假面具的人。這只不過是怪盜二十面相慣用的譁眾取寵的伎倆罷了。鐵人Q，是由真正的機器人和二十面相假扮而成的。神秘老人根本不是真正的老人，而是由二十面相裝扮的。你有時假扮成老人，有時假扮成戴著鐵面具的鐵人Q。事實上，老人和鐵人Q是同一個人，都是怪盜二十面相。

鐵人Q不僅由你假扮，有時候你的手下也會假扮成鐵人Q。和老人一起出現時，就由你的手下假扮成鐵人Q，藉此想要欺騙我們。利用綁上汽球的升降梯逃走的就是你的手下。當大家把注意力集中在他的身上時，你卻假扮成老人，趁機越過後面的圍牆逃走。

只有二十面相會大費周章的建造妖怪屋，同時利用電影底片惡作劇來嚇唬眾人。當我把這件事告訴你的駕駛手下時，他感到非常驚訝。因為擔心跟隨二十面相這個大壞蛋而獲判重罪，因此，將所有的事情全盤托出。這樣你知道了吧！二十面相，這次插翅也難飛了！」

「哇哈哈哈……，不愧是明智先生。連這一點都被你看穿了。我就是二十面相。你準備把我怎麼樣呢？」

「交給警察。」

「哇哈哈哈哈……，你辦得到嗎？」

「你說什麼？」

兩人持續瞪著對方好久。

「看我的！」

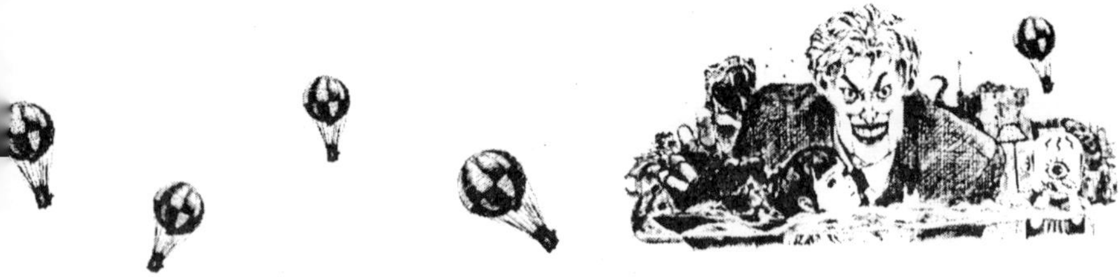

鐵人Q使盡全力甩開名偵探的手，好像黑旋風似的，一頭鑽入少年偵探團員中。少年們認為四周有這麼多人包圍，不可能讓敵人逃走，因此稍微失去了戒心。怪人立刻衝出包圍網。

少年們揮舞著手電筒拚命的追趕，但是草地非常廣大，光靠手電筒的光線無法看得一清二楚。

少年們四處尋找怪人的蹤影。

「啊！在那裡！啊！到這裡來了！」

少年們拚命大叫著。

在黑暗中，鐵人Q正大大方方的朝這裡走了過來。

少年們「哇——」的大叫，跑了過去。

鐵人Q和少年偵探團發生正面衝突。

怪人終究無法抵擋三十名少年。在少年的重重包圍之下，鐵人被推倒在地。

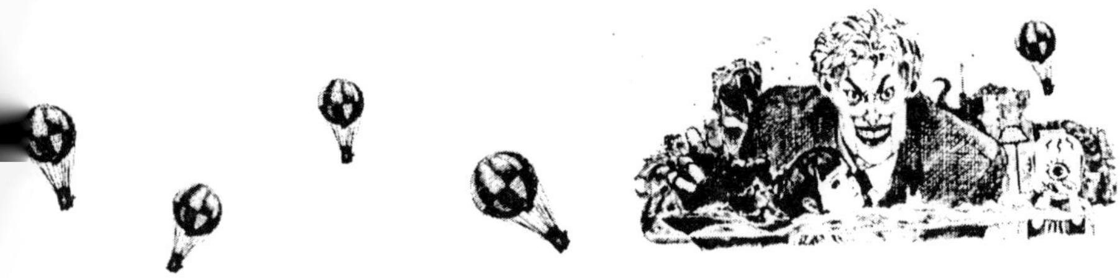

「喂！壓得我好痛啊！快救救我啊！」

被大家壓倒在地的少年發出慘叫聲。鐵人Q終於一動也不動的倒在地上，大家不再互相擠壓而站了起來。

「咦！這根本不是人嘛！」

一名少年大叫著。

「你看，鐵人Q的肚子被壓扁了，裡面露出許多齒輪。」

這是怎麼回事？好不容易抓到二十面相，難道又被他逃走了！不，名偵探絕對不會輸，其中一定有原因。

## 空戰

「這個傢伙不是人，而是藉著齒輪活動的機器人。」

少年大叫，看著機器人。在鐵人的身體裡，什麼都沒有，只有齒輪。

「這是機器人沒錯，但是，剛才那個傢伙是故意假扮成機器人的真人。二十面相事先把機器人藏起來，趁機掉包，想要欺騙我們。你們等著瞧，不久之後真正的二十面相就會現身。」

明智偵探自信滿滿的說著。

※　※

正如同明智偵探所說的，剛才的確發生一些怪事。

二十面相鐵人Q從草地盡頭的森林洞穴中，取出與他同樣裝扮的機器人，啟動機器人，讓它朝少年走去，自己則躲在洞穴中。

洞穴中有地下道，可以通往秘密巢穴。二十面相綁架淺野行夫少年後，原本就打算把他帶到巢穴中。

但是，行夫已經被明智偵探救出，因此怪人只好自己一個人逃走。

怪人在一片漆黑的洞穴中摸索前進。大約走了五公尺時，突然停下腳步來。

漆黑的洞穴中，有三個閃耀光芒的眼睛，朝自己接近。是三隻眼的怪物。

不，不是怪物。好像是人揮舞著手電筒朝這裡走了過來。

「是敵人，還是同志？」

二十面相一動也不動的停在原地等待。

二十面相的巢穴中還有許多手下。手下們可能拿著手電筒來接自己了。

在三支手電筒旁邊，各出現一個奇怪的東西。啊！原來是手槍！

「你們是誰？」

「哇哈哈哈哈……，你感到很驚訝吧！我們是少年偵探團的團員。我們已經發現你的巢穴了。中村警官率領隊員包圍你的巢穴，你的手下全都被捕了。現在只剩下你一個人。趕緊到洞外去。是明智老師指示我們在這裡等你的！」

說著，三支手槍慢慢的朝怪人逼近。二十面相不得已只好退到洞穴入口處。

在洞穴中等待二十面相的，是少年偵探團中最勇敢、最孔武有力的少年，他們是中學二年級的山本、酒井與清水三名少年。

洞外的草叢中，兩名少年躺在距離不遠處。兩人合力將一根細麻繩緊緊拉住，就擺在距離地面不遠的地方。

二十面相被迫從洞中走出來時，外頭一片漆黑，並沒有察覺地面上的細麻繩，所以一不小心就被絆倒在地。

聽到哇的大叫聲，躲在草叢中的少年們全都聚集了過來。

驚慌失措的二十面相，有如袋中的老鼠，立刻被逮捕了。

不！不可能這麼輕易就逮捕到怪人。二十面相備有絕招，可能隨時都會逃走。

洞穴周圍的樹林中，有幾棵高大的樹木。

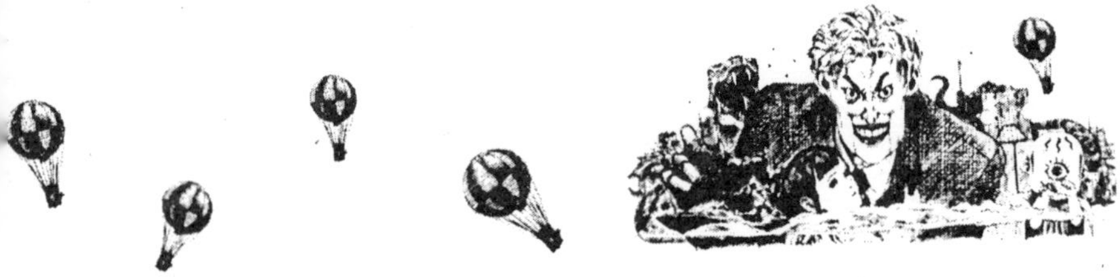

黑暗的大樹下站著兩名少年。他們是依照明智偵探的指示即將從事大冒險的少年。

「準備好了吧！如果二十面相在草地上被捕，那就沒問題。萬一他再度逃走，那麼就輪到我們展現威力了！」

說話的是小林少年。

「嗯！沒問題！我已經練習了很久。而且我的馬力很強，絕對不會輸的！」

以充滿自信的語氣回答的是井上一郎少年。井上的父親以前是拳擊選手，他跟隨父親學習拳擊，早已練就了一身好功夫。

但井上所說的『馬力』到底是指什麼？是不是指力量強大呢？即使是井上，可能也不敵大人二十面相吧……。他為什麼有這個自信呢？

兩名少年開始做出非常奇怪的事情。

兩人距離不遠，爬上了樹林中較高的兩棵大樹上。

兩名少年都很擅長爬樹，很快的就躲入上方的樹葉叢裡。

這兩名少年，到底想要做什麼？

被少年們緊緊包圍的二十面相拼命的揮舞雙手，最後終於撥開人群狼狽的逃入樹林中。

少年偵探團的團員們緊追在後，怪人根本難以逃脫。最後他逃到一棵大樹下。

這時，二十面相展開奇怪的行動。他竟然爬上大樹。怪人也是爬樹高手，一下子就爬上粗大的樹幹，躲入上方的樹葉中。

「好了！不必追了！接下來將會發生有趣的事情，你們等著瞧吧！」

站在少年身後的明智偵探出聲制止，然後走到剛才的洞穴入口處，對著洞穴吹哨子。

不久之後，中村警官的兩名部下拿著重機械從洞穴中走了出來。

原來是小型探照燈，長長的電線一定是連接到二十面相的巢穴。警

察並沒有打開開關，因此，四周是黑漆漆的。

「二十面相故意爬到樹上想要嚇唬我們，接下來會發生令人驚訝的事情，仔細看喔！」

明智偵探微微笑著說道。

普嚕嚕、普嚕嚕、普嚕嚕、普嚕嚕嚕……。

二十面相爬上去的高大樹頂上，突然傳來奇怪的聲音。

對了，二十面相把機械揹在背上，準備利用螺旋槳逃跑。他事先把機械藏在樹上，打算利用這個機械逃到空中去。

「探照燈！」

在明智偵探的命令下，之前備妥的探照燈突然亮了起來，朝空中照射。

飛啊、飛啊！二十面相揹著好像大箱子的機械，利用螺旋槳的力量使其緩緩升空。這個小型機械雖然不能飛得很遠，但是，在被追趕時可以暫時脫身，真的是非常方便。

探照燈照亮在空中飛行的二十面相。可怕的鐵人變成一團朦朧的東西，在黑暗的空中飄浮。

這時，不知從哪裡又傳來普嚕嚕、普嚕嚕、普嚕嚕、普嚕嚕……的聲音，是從其他樹頂上發出來的。在另外的兩棵大樹上，兩個黑色的東西也緩緩升空。

探照燈朝聲音的方向照射。

哇！不是別人，原來是小林和井上兩名少年。他們揹著和二十面相同樣的裝備，利用螺旋槳緩緩升空。

接下來到底會發生什麼事情？

原來是一場空戰。小林、井上和二十面相三人，即將展開劇烈的空中追逐戰。

明智偵探在『宇宙怪人』（少年偵探第九集）事件中，獲得二十面

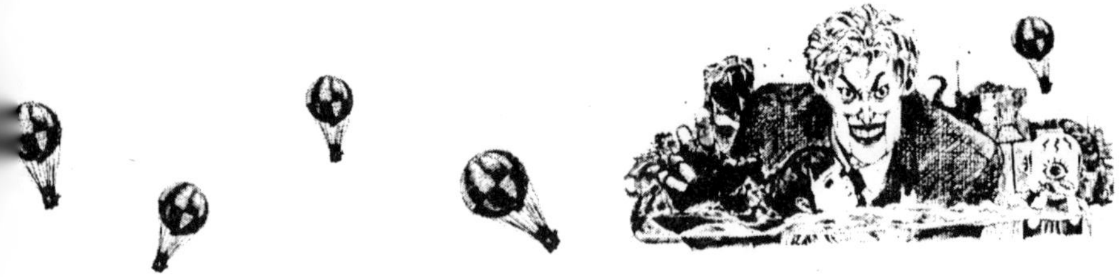

相藏在樹上的螺旋槳和機械等，後來委託大型飛機製造公司修復。同時，還製造另外一架飛行器。修復後和新製作完成的螺旋槳，都比二十面相原先使用的機械擁有更強的馬力。

小林和井上兩名少年事先練習操縱機械，因此能夠順利的升空。二十面相失去飛行器後，重新又打造了一架，現在使用的是新的機械。不過，機械的馬力和原來的相同，因此，比不上明智偵探委託製造的機械。

探照燈再度對準空中的二十面相。小林和井上少年必須瞄準目標，才容易和對手作戰。

不久之後，探照燈的燈光中出現好像細繩一般的東西，圍成圓圈拋向二十面相。

小林少年正在表演拿手的拋繩技術，他將目標對準二十面相的螺旋槳。

連續拋了兩、三次，終於勾住怪人的螺旋槳。少年鬆開手，等繩子和螺旋槳纏繞在一起時，螺旋槳立刻停了下來。二十面相開始從空中往地面掉落。地面上的少年發出「哇」的驚叫聲。假扮成鐵人Q的二十面相終於落網了。

兩名警察立刻跑到掉落地面的二十面相的面前，將他銬上手銬，再用繩子五花大綁。

少年偵探團終於獲得最後的勝利。這真是振奮人心的事情。

「萬歲！萬歲！……」

三十名少年偵探團團員異口同聲的高呼萬歲。

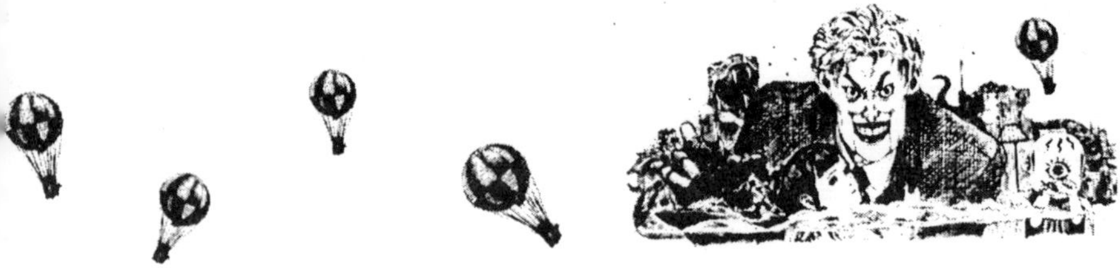

**解說**

# 少年偵探團人氣的祕密

中尾　明
（兒童文學作家）

在「少年偵探」系列中，少年偵探團扮演主角。以團長小林少年為主，團員們對付怪人二十面相的場面相當精彩。

少年偵探團的構想，可能源自柯南・道爾所寫的夏洛克・福爾摩斯偵探故事。

江戶川亂步是著名的外國偵探小說研究家，曾經出版『幻影城』、『續幻影城』、『國外偵探小說・作家與作品』等評論集。當然，他也看過柯南・道爾所寫的名偵探夏洛克・福爾摩斯的所有作品，並且仔細加以研究。

在福爾摩斯偵探故事的第一作品『粉紅色的研究』中，倫敦的少年偵探團就已經登場，並且非常活躍。在福爾摩斯故事的旁白中，華生醫生初次遇到這些少年們的印象是：

「六名矮小的流浪少年，好像骯髒的小和尚一樣排成一列。」

鐵人Q曾經出現上野的街道（1955年）
台東區立下町風俗資料館提供

他們是以威金斯少年為團長的一群流浪兒。福爾摩斯聚集這些少年們，將其命名為「貝卡街游擊隊（非正規聯隊）」，派遣他們收集各種情報。

有關少年的活躍，福爾摩斯對華生說道：

「一名少年比一打警察更管用。大部分的人看到穿著制服的警察或是便衣警察時，立刻就會住口不語。但是，這些少年

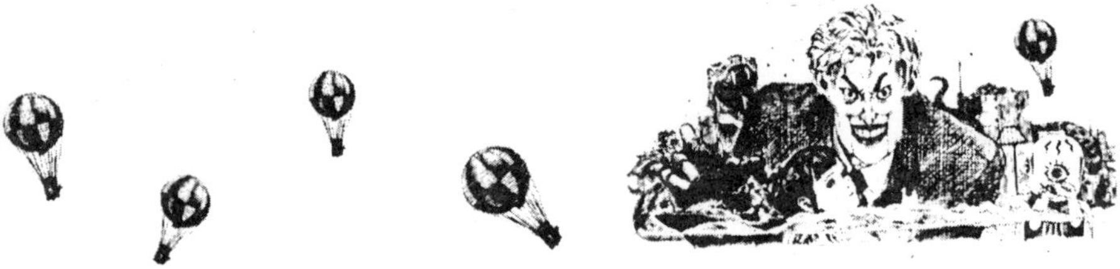

可以在任何場所自由行動，可以打聽到任何消息，而且他們的感覺很敏銳喔！」

福爾摩斯事先決定好一天應該支付這些少年們多少錢。當少年建立特別的功勞時，還有其他大筆的酬金。

少年主要的工作包括找尋東西、收集情報與監視。在監視特定人物時，大人比較容易被對方發現。而如果利用在任何大街小巷中都可能出現的少年，則即使就在被監視者的附近徘徊，對方也不容易起疑。

小綠家附近的不忍池
台東區立下町風俗資料館提供

除了『粉紅色的研究』之外，在『四人簽名』和『彆扭的男子』等作品中，貝卡街少年游擊隊也都相當的活躍。

福爾摩斯故事拍成電影之後，貝卡街少年游擊隊也一躍成名。一九

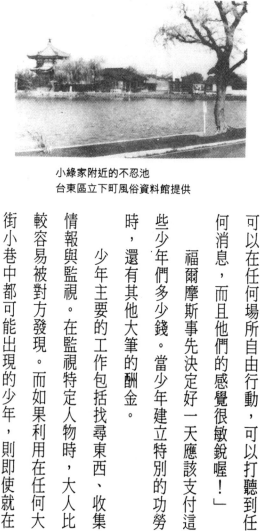

七八年發表的『福爾摩斯少年偵探團』這個適合少年、少女閱讀的偵探小說，以貝卡街游擊隊為主角，幫助福爾摩斯而展現活躍的行動。團員中也包括少女，這一點和以往的福爾摩斯故事不同。內容詳細描述流浪少年的生活，令人深感興趣。

倫敦的貝卡街游擊隊是在一八八七年首度登場，距今一百多年。小林少年的少年偵探團誕生於一九三六年，距今也有六、七十年的歷史。無論哪一個少年偵探團，至今依然深受少年、少女們的歡迎。

喜歡江戶川亂步的少年偵探團的讀者，也一定會喜歡福爾摩斯故事中的貝卡街游擊隊。兩種作品都值得仔細閱讀並互相比較，藉此就可以發現兩者受歡迎的祕密。

在『鐵人』中，提到少年偵探團的七大道具。

1、BD徽章（別在團員胸前，做為識別標誌）　2、筆型手電筒　3、指南針（指示方向用）　4、哨子　5、有柄的放大鏡　6、小

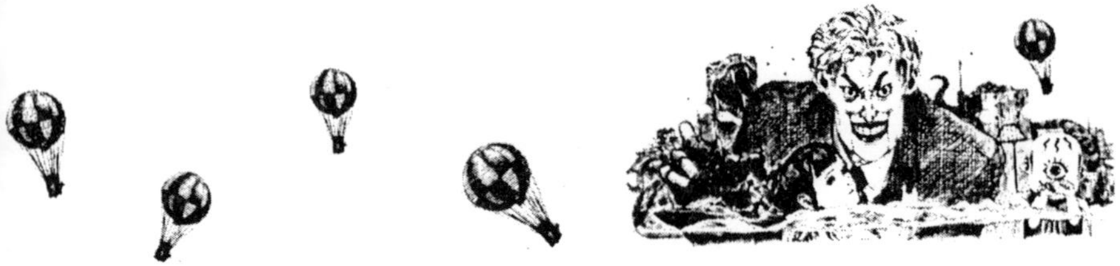

型望遠鏡　7、筆記本和鉛筆。

每項道具都由團員們技巧性的加以使用，藉此追蹤怪盜二十面相等一行人，同時解開「鐵人Q」之謎。相信這些道具對於讀者而言是極具魅力的東西。少年、少女讀者們都希望自己也能夠成為團員並使用七大道具。我在就讀小學時，就很嚮往自己也能夠成為少年偵探團的一員。

優秀的偵探小說能夠留給讀者解答謎團的空間，讓讀者思考對於人類或社會而言，何者為是、何者為非，希望藉此能夠喚起少年、少女們的正義感，促使他們和威脅人類或社會的罪惡挑戰。

我想這應該就是「少年偵探」系列長久以來深受歡迎的祕密吧！

# 少年偵探 1~26

江戸川亂步　著

## 1　怪盜二十面相

接獲失蹤的壯一即將歸國的好消息的同時，羽柴家也接到這封通知信。
擅長喬裝改扮的怪盜，到底會以什麼姿態來盜取寶石？
老人、青年，還是……。
「怪盜二十面相」與名偵探明智小五郎初次對決，現在就要開始了！

## 2　少年偵探團

整個東京都內，不斷傳出有關「黑色妖魔」的傳聞，而且陸續發生綁架少女事件，以及篠崎家的寶石，還有黑影似乎偷偷的靠近五歲的愛女小綠。難道由印度傳來的「受到詛咒的寶石」的傳說是真的嗎……。
繼『怪盜二十面相』之後，名偵探明智小五郎和少年助手小林芳雄所帶領的「少年偵探團」大活躍。

## 3　妖怪博士

跟蹤可疑的老人身後，來到一間奇妙的洋房。
少年偵探團團員之一的相川泰二，在那兒發現被五花大綁的美少女。
妖怪博士的魔爪伸向為了救出少女而偷偷溜進洋房的泰二。
此外，還有更可怕的事情，正等著追查整個事件的三名團員們……。

## 4　大金塊

秘密文件的另一半被盜走了！
那是說明宮瀨礦造爺爺留下的龐大遺產「大金塊」藏匿地點的秘文，
為了取回被奪走的一半秘密文件，而進入竊賊地下指揮部的少年小林，
他所看到的意外事實真相到底是什麼？
名偵探明智解開了謎樣的文章，趕赴島上，取回大金塊。

## 5　青銅魔人

在月光的照耀下，赫然出現一張嘴巴裂開如新月型的金屬臉，怪物體內發出齒輪轉動聲。
在半夜偷走鐘錶店裡的懷錶的竊賊，難道就是這個用青銅做成的機械人？
少年小林新組成「青少年機動隊」，為了名偵探明智小五郎，奮鬥不懈。
是否真的能夠掌握青銅魔人的真面目呢？

## 6 地底魔術王

在天野勇一所居住的城市裡，搬來了一個奇怪的叔叔。
他在少年們的面前，展現神乎其技的魔術，是一位魔法博士。
他說：「在我所住的洋房裡有『奇異國』。」
有一天，勇一和少年小林造訪洋房。但是就在博士展開魔術表演的舞台上，勇一消失在觀衆的面前。

## 7 透明怪人

一名紳士走進城鎮盡頭的磚瓦建築物中。
就在尾隨於其身後的兩名少年的眼前，
這個神秘男子脫掉大衣、襯衫，結果一裡面什麼也沒有。
肉眼看不到的透明怪人出現了，珠寶店和銀行大為震驚。
化裝成人體服裝模特兒的透明怪人出現在百貨公司，引起一陣騷動。

## 8 怪人四十面相

幾度從監獄中脫逃的怪盜二十面相，這次改名為「四十面相」，
宣佈要逃獄。
為了查明真相，來到拘留所的明智小五郎，與二十面相見面之後，
為什麼匆忙趕到世界劇場的後台去了呢……
劇場正上演著「透明怪人」事件的戲碼。

## 9 宇宙怪人

衆人啊的大叫一聲，屏住呼吸，因為在東京市的大都會銀座上空出現了五個 「在天空飛行的飛碟」。
彷彿來自遙遠星球的世界，擁有蝙蝠翅膀如大蜥蜴般的宇宙怪人降臨。
被在深山登陸的飛碟抓住的木村青年，訴說可怕的體驗，使得全日本，不，應該說是全世界都陷入大混亂中。

## 10 恐怖的鐵塔王國

「我有東西要給你看哦！」
小林少年被轉角處的老人叫住，看到偷窺箱裡竟然有從森林的圓形鐵塔爬下來的巨大獨角仙……。都市裡出現抓小孩的怪物獨角仙。
獨角仙大王所統治的恐怖鐵塔王國，到底在日本的哪個地方呢？

## 11 灰色巨人

從百貨公司的寶石展覽會中竊取珍珠的美術品，
然後抓住廣告汽球朝天空逃逸。但是逮到犯人之後，一看……。
綽號「灰色巨人」的怪人，這次盜走了「彩虹皇冠」。
尾隨怪盜而來的少年偵探團，來到一個馬戲團的大帳棚中。
奇妙的竊賊難道躲到裡面去了嗎？

## 12 海底魔術師

身上覆蓋著鐵製的鱗片，好像鱷魚一般的尾巴……
在黑暗的海底，有著好像黑色人魚的兩個綠色眼睛的怪物。
爬在地上的怪物想要奪走小鐵盒。
交到明智偵探手中的小鐵盒，
隱藏著載有金塊的沉船秘密！

## 13 黃金豹

屋頂出現了金色的影子，在月光的照射下，劃破了深夜的黑暗，
全身閃耀著黃金般光芒的豹出現在街上。
襲擊銀座的寶石商、吞掉寶石的豹，突然轉身逃走，像煙一般消失了。
夢幻怪獸到底是什麼東西？
夢幻豹

## 14 魔法博士

少年偵探團中有兩名好搭檔，他們是井上和阿呂。
看到「活動電影院」之後，
一直跟隨活動電影院的兩人，漸漸進入無人的森林中。
擋在面前的，竟然是可怕的黑影……。
等待著兩人的，是黃金怪人「魔法博士」意想不到的策略。

## 15 馬戲怪人

熱鬧的「豪華馬戲團」公演時，突然出現了可怕的慘叫聲。
觀衆全都回頭看。
在貴賓席黑暗的角落看到白色骷髏的影子！
攻擊馬戲團團長笠原先生一家人的骷髏男的模樣奇怪。
沒有人知道的大秘密，經由明智偵探及少年偵探團的推理而解開謎團。

## 16 魔人銅鑼

「噹……噹……噹……」空中傳來宛如教會鐘聲般的聲響，不禁抬頭一看。
結果，發現整個空中出現一張惡魔的臉。
巨大的惡魔正露出尖牙笑著。難道這是神奇事件的前兆……。
惡魔的神奇預言出現了。明智偵探的新少女助手小植即將遭遇危險。

## 17 魔法人偶

「我很喜歡留身哦！和我玩吧！」
和神奇的腹語術小男孩人偶相處得很好的留身，跟隨著小男孩和
白鬍子老爺爺到人偶屋去。
迎接他們的是美麗的姊姊，這位穿著長袖和服、名叫紅子的人偶，
看起來就好像活生生的真人一樣這是假扮成腹語術師的老爺爺的魔術。

## 18 奇面城的秘密

又是四十面相下的挑戰書。他這一次想要得到的是倫勃朗的油畫。
名偵探明智小五郎自信滿滿的等待對手的出現。
怪人四十面相將如何穿過層層的警衛溜進對手的家中呢？
到了預告日的夜晚，空無一人的美術室中傳出『啪一啪一』的聲響。
大石膏竟然會動，啊！裂開了！

## 19 夜光人

七名少年一起前往一片漆黑的森林。
今天晚上，少年偵探團將舉行「試膽會」。
走在最前方的井上來到森林深處時，突然發現了奇怪的東西。——是鬼火嗎？不！一團白色、圓形的東西，卻有兩顆好像燃燒著火焰的紅色眼睛……。閃耀銀色光輝、好像妖怪般的頭，竟然張開大嘴攻擊團員們！

## 20 塔上的魔術師

在荒涼的原野上，有一棟古老、磚造的鐘屋。
聳立的鐘塔屋頂上有影子在移動……。
少女偵探小植和另外兩名少女一直看著這個奇怪的景象。
三位少女看到的，是一位披著黑色披風、蓬鬆的頭上長著兩隻角的蝙蝠人。

## 21 鐵人Q

老科學家終於完成偉大的發明。
他特別讓北見少年去看看這個具有聰明頭腦的機器人，一個和人類一模一樣的「鐵人Q」。
沒想到鐵人竟然突然不聽使喚，意外的逃出實驗室。
Q逃入巷道之後，開始展現奇怪的行動。被擄走的小女孩到底在哪裡？

## 22 假面恐怖王

有馬家的洋房傳出有戴著鐵假面具的男子偷偷潛入。
名偵探明智小五郎在接到通知後火速趕到，但卻遭人從背後攻擊。
當他醒來後，發現自己在一個沒有窗戶的奇怪小房間內…。
明智偵探真的被壞蛋抓走了嗎？
在想要脫逃的名偵探和「恐怖王」之間，一場鬥智即將展開。

## 23 電人M

在東京塔的塔頂上，纏繞著一個軟趴趴的禿頭妖怪，
好像戴著鐵環、沒有臉的機器人。
怪人「電人M」在全國各地留下謎團。
「到月世界旅行吧」到底意味什麼？
電人M竟然打電話給小林少年……！

鐵人Q by Ranpo Edogawa——


First published in Japan in 1970 and revised in 1999 under the title "TETSUJIN Q" by Poplar Publishing Co., Ltd.
Chinese translation rights arranged with Poplar Publishing Co., Ltd.
Through Keio Cultural Enterprise Co., Ltd. & Japan Foreign-Rights Centre

國家圖書館出版品預行編目資料

鐵人Q／江戶川亂步著；施聖茹譯
——初版—臺北市，品冠文化，2003〔民92〕
面；21公分——（少年偵探；21）
譯自：鉄人Q
ISBN 957-468-207-2（精裝）

861.59　　92001341

版權仲介：京王文化事業有限公司



少年偵探21 **鐵 人 Q** ISBN 957-468-207-2

著　　者／江戶川亂步
譯　　者／施 聖 茹
發 行 人／蔡 孟 甫
出 版 者／品冠文化出版社
社　　址／台北市北投區（石牌）致遠一路2段12巷1號
電　　話／(02) 28233123・28236031・28236033
傳　　真／(02) 28272069
郵政劃撥／19346241
E - mail／dah_jaan @yahoo.com.tw
登 記 證／北市建一字第227242號
區域經銷／千淞圖書有限公司
地　　址／台北縣泰山鄉楓江路86巷21號
電　　話／(02)29007288
承 印 者／國順文具印刷行
裝　　訂／源太裝訂實業有限公司
排 版 者／千兵企業有限公司
初版1刷／2003年（民92年） 4 月

~~定　價／300元~~
特　價／230元